Editora Charme

UMA HISTÓRIA DE PRAZER, DOR E PAIXÃO.

ACEITE-ME

SÉRIE WRECKED

J.L. Mac

Este livro é uma obra de ficção e qualquer semelhança com qualquer pessoa, viva ou morta, qualquer lugar, evento ou ocorrência é mera coincidência.

Os personagens e enredos são criados a partir da imaginação da autora ou são usados ficticiamente. O assunto não é apropriado para menores de idade.

1ª Impressão 2018

Foto de Capa: Shutterstock
Criação e Produção: Verônica Góes
Tradução: Janda Montenegro
Preparação de texto: Alline Salles
Revisão: Ingrid Lopes

Este livro segue as regras da Nova Ortografia da Língua Portuguesa.

CIP-BRASIL, CATALOGAÇÃO NA PUBLICAÇÃO
SINDICATO NACIONAL DE EDITORES DE LIVROS, RJ

Mac, J. L.
Aceite-me / J. L. Mac
Titulo Original - Accept Me
Série Wrecked - Livro 3
Editora Charme, 2018.

ISBN: 978-85-68056-51-6
1. Romance Estrangeiro

CDD 813
CDU 821.111(73)3

www.editoracharme.com.br

UMA HISTÓRIA DE PRAZER, DOR E PAIXÃO.

ACEITE-ME

SÉRIE WRECKED

TRADUÇÃO: JANDA MONTENEGRO

DEDICATÓRIA

Para Jo e Damon.

Pelo que eles representam.

Pelo que todos nós sonhamos.

PRÓLOGO

BEVERLY WYNONA "NONI" DAVIS

17 de janeiro, 1979

Eu tentei. Tentei muito. Pensei que ele seria suficiente para me distrair da minha vida e que eu seria suficiente para ele, mas estava errada. Fui ingênua. Acho que ainda sou ingênua.

Meus pais me matariam se sequer imaginassem o que me tornei aqui em Las Vegas. Quando contei que sonhava em ser uma showgirl, eles me repreenderam e disseram que não iriam ouvir aquilo. Para uma família cristã da classe trabalhadora, minhas aspirações eram inimagináveis — todos aqueles anos de aula de dança e eu queria me tornar uma showgirl quando poderia me estabelecer e ensinar dança para crianças de 5 anos em Podunk, Kansas? Ridículo. Simplesmente não era o que eu queria. Naquelas showgirls, naquelas danças, eu não via nada além de glamour; via mulheres de aparência impressionante com verdadeiro ar de confiança. E queria ser uma delas. Desejava o conhecimento delas, a vida delas. Ficar na fazenda seria o caminho mais rápido para eu acabar levando uma vida extraordinariamente chata como esposa de algum fazendeiro. Provavelmente teria alguns filhos e acabaria não tendo nenhuma história para contar. Não teria nenhuma aventura da qual me lembrar. Ficaria sentada na varanda, aos 80 anos, me perguntando por que simplesmente não corri atrás. Não quero me arrepender da minha vida. Eu sabia que tinha que correr atrás do meu sonho mesmo se o fracasso estivesse esperando por mim.

Nunca esperei nada disso. Eu tinha objetivos. Nunca esperei por Edward e definitivamente nunca esperei por Damon. Nunca esperei enfrentar esse tipo de decisão.

Eu o amo, apesar da minha circunstância. Amei meu menininho desde o momento em que a enfermeira o entregou para mim, porém, o lado sombrio para onde ele me remete é insuportável. Sou profundamente grata por ele se parecer com o meu pai, porque, se ele se parecesse de alguma forma com Edward, acho que o desprezaria. Eu me odeio por sequer pensar nisso, mas não estou preparada para encarar o que aconteceu. Não estou pronta para este tipo de responsabilidade. Ainda não. Talvez nunca esteja. É uma das razões pelas quais sei que tenho que fazer isso. Tenho que dar a ele uma chance.

A mãe de Edward parece ser uma mulher realmente boa. Beatrice. Mesmo sabendo tão pouco sobre ela, ela tem me dado muito apoio em tudo isso. Certificou-se de que eu tivesse dinheiro no bolso, comida no estômago e um médico para tomar conta do meu futuro filho. Nunca senti como se ela estivesse me julgando. Ela nunca fez perguntas e eu nunca expliquei. Tem tido tanta boa vontade em cuidar de mim, que tenho certeza de que vai cuidar do meu filho. Eu *sei* que ela vai amar o meu filho. Não há necessidade de que ela saiba como ou por que tudo isso aconteceu. Só preciso que ela cuide dele, que o proteja do mundo, e o assista se tornar o que espero que seja um bom homem. Um homem atencioso. Um homem como o meu pai. Espero que ele não me odeie por deixá-lo. Ele não terá nenhuma chance se eu ficar com ele. Sou apenas uma garota burra e arruinada do Kansas. Sou uma mercadoria danificada. Não tenho nada para oferecer ao meu bebê. Damon precisa de mais do que posso oferecer. Vai partir meu coração, mas aceito de bom grado qualquer arrependimento que me espera se significar que ele terá as coisas que não posso oferecer.

Olho para baixo, para o anjo de cabelos escuros em meus braços, e observo minhas lágrimas escorrerem por sua roupa de algodão azul. Sua mãozinha aperta o meu dedo, e é quase como se ele estivesse me consolando. Isso apenas faz com que eu soluce mais alto.

— Sinto muito — soluço e levanto para dar-lhe um beijo na testa. Talvez ele nunca entenda, mas espero e rezo para que aceite o que preciso fazer.

Talvez, algum dia, eu aceite tudo isso também.

Capítulo um

A reconstrução de Jo

Outubro, 2012

Meses atrás, em 8 de junho, encarei meu reflexo no pequeno espelho do banheiro, pensando no quanto aquele dia seria uma merda. O aniversário da morte dos meus pais era como o apocalipse, todos os anos. Se eu soubesse que ia ser o dia em que conheceria o amor da minha vida... *de novo*... teria ido cedo para o trabalho e talvez tivesse levado mais tempo fazendo o cabelo e me maquiando.

Ele chegou na minha vida como a luz do sol que o seguiu à loja naquela manhã e, desde então, eu sou dele. Tenho sido dele o tempo todo, de verdade, quase como se tivesse sido feita sob medida... como se nunca sequer tivesse pertencido a mim mesma para ser dada.

Não houve um apaixonar-se com o Damon. Eu não estava encantada e convencida de ser o amor dele. Ele entrou na minha vida, pegou minha mão e eu o *respirei*. Amá-lo tão completamente é apenas um efeito colateral de estarmos tão firmemente conectados. É involuntário. Não precisei tentar amá-lo ou me imaginar com ele pelo resto da vida. No momento em que ele pegou a minha mão, ficou claro; com apenas um olhar naqueles olhos cor de âmbar, eu soube que estava onde era destinada a estar. Naquele mesmo instante, eu era dele. Ser de Damon não pareceu uma nova aventura ou algum desafio. Era como voltar para casa, para um lugar que eu sabia que estava esperando por mim. Foi o fato de a nossa conexão se estreitar que fez a minha vida mudar.

Não sou do tipo que acredita nessa bobagem de contos de fadas, mas acredito no que é tangível. Acredito no que posso ver e tocar, e o que tenho com meu o gostosão é real. É primitivo e tão poderoso que me pegou de jeito e me deixou profundamente perturbada, despida e pronta para a reconstrução. Há quatro meses, ele entrou na minha vida, e eu não tinha ideia do que estava por vir. Antes de Damon, eu estava sozinha em todos os sentidos da palavra. Nós dois saímos do limbo para dar uma chance ao nosso relacionamento. Relacionamento era uma fronteira inexplorada para mim, mas eu estava pronta para mapeá-lo com Damon. Danificado ou não, ele valia a pena o risco. Dadas as nossas respectivas histórias, recheadas de perdas e decepções, dar uma chance a isso era mais difícil do que eu poderia imaginar.

Meu gostosão resistiu muito nas mãos de um pai que nunca escondeu seu desdém pelo próprio filho. Edward fez de tudo para punir Damon em cada oportunidade. Fez tantos insultos à mente de Damon que ele começou a acreditar era responsável por uma mãe que desistira dele, por um acidente de carro que não era culpa dele de fato, e por meus anos sem teto e lutando para sobreviver. Meu amado tem a mania de focar em todas as partes negativas do nosso passado, embora eu apenas deseje que possa entender o quanto ele significou para mim, o quanto me salvou.

Foi Damon quem reconheceu como a livraria era importante para mim e foi ele quem salvou a loja que me acolheu há mais de sete anos. Ele estava lá quando encontrei o Capitão no chão da sua sala. Ele estava lá no hospital quando eu disse adeus para o homem que foi como um pai para mim. Capitão era um desgraçado rabugento e velho, mas ele era meu, e vê-lo definhar na cama de hospital destruiu o coração que eu achava que não tinha. Damon ficou parado, assistindo enquanto eu me lamentava. Pelo tempo que a primeira queimação de sofrimento diminuía, eu ainda sofria pelo Capitão, e Damon cuidou de mim ao longo de tudo isso. Ele sempre cuidou.

Descobrir que Damon vinha carregando o fardo da culpa durante todos esses anos amaciou meu coração de pedra. Não acredito que um homem que fez tanto por mim e pela Vó pudesse ser responsável pelo acidente de carro que destruiu quatro vidas. A forma como ele me ama e acalma a dor dentro de mim e a forma como pensa cuidadosamente sobre o que é melhor para mim e para o meu futuro provam que ele não é capaz de me machucar. Quase o perdi para uma rede de mentiras e culpas, mas me recusei a deixá-lo ser o único fazendo todo o sacrifício. Ele me tirou do carro, mas eu o tirei do seu próprio naufrágio emaranhado de culpa. Edward estava errado. Ele nunca deveria ter jogado a culpa em Damon. Eu estava errada. Nunca deveria tê-lo deixado quando me dei conta de que a familiaridade que via nele era por causa da nossa história entrelaçada. Eu deveria tê-lo deixado se explicar. Não deixei, e quase perdê-lo foi a punição que mereci. Semanas e semanas longas com o Zumbi Damon como companhia foi difícil. Eu quis desistir muitas vezes, mas simplesmente não consegui. Me agarrei com força ao salva-vidas que era a minha teimosia e valeu a pena. Eu o trouxe de volta da prisão de culpa na qual ele se trancou.

Percorremos um longo caminho em um desconcertante curto espaço de tempo, mas nada me pareceu mais certo do que isso. Nunca fui mais feliz do que no dia, três semanas atrás, em que ele me acompanhou pela casa que pretendia dividir comigo. Ele parou ali, em nossa nova casa, e me pediu para ser sua esposa. Sua esposa! Para sempre! Ver a inscrição no anel de noivado tornou tudo familiar para mim. *Meu coração reside com você*. A inscrição de Papa para Maman está elegantemente escrita na parte interna de um anel que simboliza muitas promessas para o nosso futuro juntos. Damon sabia o quanto aquela inscrição significaria para mim. Ele me aceita como sou. A mera presença dele me faz querer ser uma pessoa melhor. Nunca quis tanto ser uma pessoa melhor. Nunca quis lutar com o meu passado, com o passado dele, ou a porra do nosso passado conectado, mais do que eu quero agora. Minha motivação é alta, bonita, ferida e ocupa meu coração. Algumas coisinhas se colocam no caminho da nossa perfeita vida fodida, mas aceito prontamente quaisquer desafios que estão por vir, porque, para mim, não há outra opção. É Damon.

Com determinação, entro na "em breve antiga" residência da Vó com o celular pressionado contra a orelha. Hoje é o dia da mudança e não sei qual de nós duas está mais animada. Precisei de alguns dias para tirá-la do asilo e estabelecê-la em seu apartamento privado na casa nova que Damon comprou quando me pediu em casamento (algo que ainda estou um pouco chocada), por isso deleguei todas as responsabilidades da loja a Noni. Ela parece estar ávida para mergulhar na montanha de trabalho que a espera, mas eu ainda estou um pouco nervosa com relação a isso.

— Tem certeza de que resolveu o lance com a empreiteira? — pergunto a Noni, quando me apresso a entrar no prédio.

— Aham. Cuidei de tudo, querida. Vou fazer umas anotações para você — promete Noni.

— Ok, Noni. Obrigada por me cobrir.

— Sem problemas. Te vejo amanhã?

— Aham, estarei lá amanhã. Ah, e Noni? — Aceno para Linda, na mesa de boas-vindas, e aguardo um momento para Noni responder. Ela sabe o que vou dizer.

— Sim?

— A gente pode conversar amanhã, se quiser — digo, dando o meu melhor para encorajá-la a enfrentar a conversa que nos aguarda. Não estou animada para isso, então sei que com certeza ela não está eufórica por sentar e ter uma conversa-não-tão-agradável sobre seu passado.

— Ok, Jo — Noni murmura fracamente.

É óbvio que isso é difícil para ela, e devo admitir que não consigo sequer imaginar *quão* difícil foi para ela abandonar seu bebê, mas nós precisamos conversar. Será necessária muita coragem para botar tudo para fora. Obviamente, ela está assustada e tem todo o direito de estar. As coisas se tornaram reais rapidamente, para todos nós, embora eu devesse estar acostumada com isso — tudo entre mim e Damon é a realidade nos dando um rápido tapa na cara.

Passo o polegar na tela do celular para encerrar a ligação e o coloco na bolsa, onde atinge o fundo, provavelmente em algum lugar entre meu batom e a coleira de Hemingway.

Enquanto ando pelo corredor em direção ao quarto dela, vislumbro a nova pedra em meu dedo. Tenho feito isso mil vezes por dia desde que ele me pediu em casamento. Não me canso. Meu olhar pega o brilho que o diamante gigantesco gera e é como se eu o estivesse vendo pela primeira vez. Um sorriso se espalha pelo meu rosto, e meu coração acelera com um prazer desinibido. É uma boa distração do *outro* novo desdobramento em minha vida.

Noni e eu não tivemos oportunidade de conversar sobre a ligação que mudou tudo, muito embora nós duas estejamos dolorosamente cientes de que precisamos fazê-lo. Ainda é difícil, para mim, acreditar que ela — a minha Noni, minha amiga — é a mulher que trouxe o meu gostosão ao mundo. De forma oportuna, para nós duas, o trabalho e a mudança se tornaram prioridade, no lugar dessa conversa desconfortável. Eu temo essa conversa. Acho que parte de mim pensa que, se ignorar essa revelação, ela magicamente irá se desfazer. Chame de negação ou de ignorância, ou do que quiser, mas a verdade é que estou com medo de aprender algo mais sobre o passado sórdido de Damon. Temo que saber mais me fará me sentir mais culpada ainda por ter sido desonesta com ele, e isso é algo que tem um sério risco. Meu gostosão está se encaminhando para a cura emocional e mental depois do desastre que nosso rompimento iniciou. Por mais louco que pareça, ele tem sido o mais delicado possível agora. Eu não arriscaria mais seu coração. A ideia de ele me odiar por interferir é o suficiente para fazer meu estômago se contrair. O silêncio é o meu juramento. *Por enquanto.* Versan vai ter um dia de trabalho do caralho com isso. Não estou ansiosa por esta sessão. De forma alguma.

Estou andando tão rápido — a única coisa em minha mente é minha louca vida — que quase perco o rosto familiar parado no final do amplo corredor. *Edward.* Ele é a última pessoa com quem quero interagir hoje. A visão dele me enoja e me deixa com raiva, tudo ao mesmo tempo. A parte fula da vida em mim quer correr até ele a toda velocidade com algum tipo de arma medieval, pronta para esmagar sua cabeça. Um martelo, talvez. Ou um machado de batalha. É um devaneio horrível, mas é a verdade.

Meu ritmo diminui na medida em que outro rosto familiar surge no meu campo de visão. Andy "faz-tudo"? E ele está conversando com o Edward? Indo contra o bom senso, caminho diretamente até eles. Os olhos de Andy espreitam tranquilamente sobre o ombro do Filho da Mãe McPuto diretamente para mim e ele dá aquele sorrisinho afetado que passei a esperar... e ignorar. Edward continua e termina o que estava falando a Andy sem sequer se dar conta da minha presença. Damon deixou claro para o pai que ele, no mínimo, não deveria interagir comigo. Pelo que posso dizer, ele não está testando o Damon. É uma decisão inteligente. Eu também não iria querer a fúria completa do Damon recaindo sobre mim. Essa é outra razão pela qual estou começando a me arrepender de saber o que sei.

— Já cuidei disso, Sr. Cole — diz Andy.

Edward concorda com a cabeça para Andy e se vira para ir embora. Quando acho que vai acatar o aviso de Damon para me deixar em paz, ele faz um breve contato visual.

— Josephine — diz, calmamente. Ele parece indiferente, mas algo nos olhos daquele homem faz minha pele se arrepiar.

Sei que deveria me conter, mas minha espada em punho interior se adianta.

— McPuto — eu o cumprimento, tão brevemente quanto ele falou comigo. Não consigo evitar de me alegrar um pouco por dentro. É um pequeno insulto, entretanto, me faz sentir muito bem. No mínimo, ele merece um ou dois insultos. *Babaca.* Viro-me para Andy "faz-tudo", que está me encarando com um olhar parte divertido, parte em choque.

— Acredite, ele merece isso. — Encolho os ombros e direciono a conversa para um território menos irritante. — Parece que você não precisará fazer mais nenhum reparo no quarto da Vó depois de hoje.

— É, fiquei sabendo — responde Andy. — Ela é... interessante. Vou sentir falta de visitá-la.

Nós dois rimos um pouco sobre a sua vaga descrição da Vó. Interessante é uma verdade absoluta.

Vó aparece logo em seguida, como um salva-vidas do

mar de desgraça que se move no fundo da minha mente. Ela está vestida com seu conjunto favorito: uma calça de corrida azul-royal, combinando com seus tênis coloridos e chamativos. É uma opção de vestimenta muito impraticável, dada a idade dela, mas combina com seu jeito — ela é vibrante, espirituosa e cheia de energia. Amo a Vó e não escondo isso de ninguém. Damon sabe como nos tornamos próximas ao longo do meu relacionamento com ele. Fazê-la se mudar para a nossa casa significa muito para mim — estou animada em ter uma família de verdade novamente. Odiava ter que ir para alguma casa de repouso apenas para ver a Vó. Tê-la tão perto significa que ela estará segura e bem cuidada pelas duas pessoas que mais a amam. Mais importante: estará longe de gente que não tem nenhum interesse na felicidade ou no bem-estar dela. Eles me lembram dos cuidadores no orfanato: fazem o trabalho deles, porém, além disso, não acho que de fato se importem com a Vó, assim como não acho que os cuidadores do orfanato realmente se importavam comigo.

— Ei, linda! — murmuro, ao entrar no quarto dela.

Ela se vira para mim com um sorriso, que reflete o meu próprio. É uma visão que faz meu coração inchar ao ponto de quase explodir.

— Ei! Você veio para me libertar daqui? — provoca ela.

— Com certeza! Parece que você já está até pronta — respondo, observando as caixas de mudança cuidadosamente empilhadas, aguardando serem levadas pelos carregadores que Brian contratou. Coisa do Andy "faz-tudo", sem dúvida. — Vejo que Andy deve tê-la ajudado um pouco, né? — Levanto uma sobrancelha com minha pequena insinuação.

— Não, não — ela zomba, balançando um dedo na minha direção. — Eu não conto segredinhos.

Nós duas rimos com nossa piada interna. É outra coisa que nunca envelhece. Quando conheci a Vó, sabia que ia amá-la e, felizmente, ela deve ter pensado o mesmo, porque nossa conexão foi instantânea. Nós nos conectamos de imediato, tal como me conectei com o neto lindo dela. Soube, quando os olhos azuis dela encontraram os meus, que ela era um porto seguro para mim. Ela era inteligente e cheia de vida, e exatamente o que eu precisava, principalmente agora que o Capitão havia partido.

— O que Edward está fazendo aqui? — pergunto, espiando pelo corredor para ver se ele ainda está espreitando por aí.

— Eddie não me visitava desde que descobri os diários do Damon. Também não tive a oportunidade de perguntar-lhe sobre o dinheiro. Espero que ele não tenha nada a ver com essa confusão, mas vai saber.

O humor da Vó se torna sombrio e nós duas olhamos para nossos pés, lembrando dos cadernos que revelaram os anos de abuso hediondo que Damon aguentou em silêncio. Vó não falou muito comigo sobre se havia ou não confrontado Edward sobre os cadernos, mas imagino que o tenha feito. Não consigo ver a Vó se segurando após o que descobriu, e definitivamente ela não é o tipo de pessoa que segura a língua. Esta é outra coisa em que nos parecemos. Com relação ao dinheiro que está faltando, imagino que a forma de ela lidar com a situação é a mesma que a minha: Damon está cuidando da coisa. É simples assim. Sei que, no fundo do seu coração, ela sabe que provavelmente Edward está no meio desse lance do dinheiro, mas ele é filho dela e, apesar do seu comportamento destrutivo, ela provavelmente espera que a fraude descoberta ao menos uma vez não seja coisa dele.

Damon sabe que contei para a Vó e para Elise, a irmã

dele, sobre o abuso, mas nós nunca conversamos sobre os detalhes. É como se ambas as partes estivessem evitando. Eu e ele discutimos sobre os cadernos, mas foi só isso. Não conversamos sobre falar em família sobre o abuso. Tentei encontrar o momento certo para inserir o assunto, porém, ainda não aconteceu. Ultimamente, Damon tem lidado com uma situação atrás da outra, e não acho que eu poderia fazê-lo passar por mais. Não agora, pelo menos. Felizmente, Elise e Vó concordaram em se manter em silêncio até que eu possa introduzir o assunto com ele. Segredos não são bem-vindos em nosso relacionamento, mas estou circulando com um que é capaz de puxar o tapete do meu gostosão. Não sou burra. Sei que, quando ele descobrir, ficará com raiva. Só espero que não fique com tanta raiva quanto acho que ficará.

— Ah — respondo baixinho, dando tapinhas em sua mão. — Acabo de vê-lo no corredor. Eu o chamei de McPuto, então talvez ele tenha reconsiderado sobre fazer visitas. — Sorrio ao lembrar do meu insulto, mas a Vó não está feliz.

— Jo, deixe-o em paz, certo? Há um bom tempo sei que Eddie é um monstro, mas sou sua mãe e tento enxergar o melhor nele. Não provoque a onça com vara curta, entende? — Ela balança a cabeça, sua expressão repleta de decepção.

Apenas concordo com a cabeça, sinalizando minha compreensão de deixar o babaca em paz. O que está feito, está feito, e eu e Damon estamos construindo uma vida juntos, que não tem espaço para um bêbado idiota.

Vó remexe na caixa a seus pés e sinaliza para que eu a siga para a sala de estar, onde passamos tanto tempo juntas. Eu a sigo obedientemente e observo quando seu semblante se torna sério, algo tão raro quanto um eclipse total.

— Jo, quero que seja sincera comigo agora. Sem

brincadeiras. — Ela termina sua declaração com um dedo apontado para mim.

Ai, merda. Faço que sim e aguardo. Ela não pode saber sobre Noni. Ninguém sabe. *A não ser que ela sempre tenha sabido. Não é possível! É?*

— Sei que disse mil vezes o quanto me quer em sua casa com Damon, mas apenas quero que saiba que você não precisa fazer isso.

Silenciosamente, respiro aliviada pelo fato de não ter nada a ver com Noni. É uma prova de que minha paranoia crescente está se tornando um problema. Começo a balançar a cabeça em protesto ao seu discurso e abro a boca para falar.

— Querida, eu estou velha e acabada. Não quero ser um fardo para você e Damon. Posso ficar aqui — insiste.

— Vó, você não é *tão* velha assim! Porra, é a mulher mais jovem com cabelo azul que conheço. — Eu me aproximo e finjo bagunçar seus cabelos grisalhos.

Ela dá um tapinha em minha mão e me fuzila com seus olhos azuis.

— Ei! Eu não deixei aquela equipe de aprendizes de esteticistas tocar no meu cabelo desde aquela confusão toda. Ficou bem bom — ela murmura, afofando seus cachos grisalhos. — Sério, Jo. Sou velha como as montanhas. Por mim, está tudo bem ficar aqui.

— Se você é velha como as montanhas agora, o quanto será velha no ano que vem? — Esforço-me para deixar leve a conversa que não precisaríamos estar tendo. Ela vem para a nossa casa e ponto final.

— Bom, sou velha como as montanhas agora, serei mais

velha que o pecado no ano que vem e mais velha do que o pó no ano seguinte. — Ela abre um sorriso cheio de dentes que faz nós duas gargalharmos, como de costume.

— Sério. Está na hora de você conhecer sua nova casa. — Levanto-me e conduzo a Vó para fora dali e na direção da casa que nos aguarda.

A primeira casa que tive desde que Maman e Papa morreram.

A casa que Damon construiu.

Capítulo dois

Plenitude

Durante todo o trajeto para a nova casa é como se meus nervos estivessem se estraçalhando. Quero que Vó adore sua nova moradia tanto quanto eu. Qualquer ser pensante ficaria impressionado com a propriedade, sei disso, mas não consigo evitar minha ansiedade crescente. O imóvel em si não significa nada se ela não se sentir em casa.

Dou uma espiada nela, sentada no banco do passageiro do SUV caríssimo que Damon insistiu em comprar. Ela está calada e observando a paisagem durante todo o trajeto, o que não é comum na Vó. Seu silêncio amplifica o meu já alto grau de preocupação.

Devagar, estaciono e desligo o motor.

— Pronta? — pergunto, nervosa.

— Mais pronta do que nunca — ela cantarola em resposta, tão logo termino de falar.

Pego o andador dela do porta-malas e contorno o carro rapidamente para ajudá-la. Ela desce fácil do banco do passageiro e fica de pé, um sorriso enorme expondo sua dentadura. Aquela dentadura gigante, horrorosa e branca como pérola! Nunca fiquei tão feliz por vê-la, cheia de dentes em toda a sua glória. *Ela gostou! Obrigada, cacete!* Derreto-me como uma poça de doce quase instantaneamente.

— Beeeelo ninho — ela fala pausadamente.

Minhas sobrancelhas se erguem diante da terminologia que ela escolheu.

— Ninho, é? — provoco.

— Me mantenho atualizada com a linguagem dos jovens.

Não duvido disso nem por um segundo. A TV a cabo fora sua ponte para o mundo na casa de repouso onde ela morava. Seus olhos azuis se iluminam, e me viro para confirmar o que já sei que conquistou o sorriso da Vó. Aquele sorriso específico é reservado para apenas uma pessoa.

— Damon, você realmente se superou dessa vez. — Ela dá a volta em mim e vai em direção ao meu gostosão, que está parado sob o toldo na entrada da frente parecendo a personificação do paraíso.

Nunca vi um homem tão bonito. Quando meus olhos pousam nele, seja na primeira ou na milésima vez no dia, é como vê-lo pela primeira vez: meu estômago se agita enquanto desfruto de cada característica linda. Sua altura. Seu visual, preenchido com a quantidade perfeita de puro músculo. Seu cabelo escuro. Seu queixo definido, salpicado com uma grossa barba que ele sabe que amo. As mangas da sua camisa social puxadas acima dos antebraços, expondo linhas de músculos fortes. De todas as coisas que me deixam sem fôlego em Damon Cole, seus olhos são, de longe, a minha parte favorita. Persuasivo nem sequer descreve adequadamente as íris douradas dele. Aqueles olhos são cativantes. Envolventes. Meu olhar encontra o dele e sou sugada no mesmo instante, como se alguma onda gravitacional me puxasse com tanta força para perto dele, que é impossível escapar. Mesmo que eu quisesse lutar contra, não conseguiria porque esta mesma força que me puxa para a órbita de Damon rouba meu desejo de isolar-me que uma vez tive. Sou dele. E então há aquele sorriso repentino quando seus olhos encontram os meus, aquele sorriso que é ligado a algo mais, algo primitivo e irresistível que consome a nós dois — um olhar daqueles olhos, um vislumbre daquele sorriso, e é claro como água para nós dois que estou exatamente onde pertenço.

Ele nem sequer precisa falar. Não em voz alta, pelo menos. Algo na forma como ele me olha faz com que meus pés se mexam em um caminho direto para os braços dele.

— Você ficou longe por tempo demais — declara, alto suficiente para que apenas eu ouça.

Envolvo-o com meus braços e descanso a bochecha em seu peito. Vó está passeando na varanda da frente, absorvendo-a, e não consigo evitar de observá-la e sorrir.

— Eu diria que ela gostou — sussurro para Damon.

Os lábios dele encostam no topo da minha cabeça, onde planta um beijo doce.

— Acho que você está certa. O almoço as espera. Vão comer.

O celular de Damon vibra em seu bolso e ele me solta para poder atendê-lo. Viro-me e observo Vó, que está cuidadosamente catalogando a frente da casa, sussurrando para si mesma sobre as cores e as persianas.

— Me dê boas notícias, Mike — diz Damon em seu celular, sumindo para dentro da casa.

Quem diabos é Mike? Embora eu nunca tenha sido apresentada ou sequer ter ouvido falar desse tal de Mike com quem ele está falando, não me impressiona que Damon tenha negócios com pessoas que não conheço. Ele tem seus tentáculos envolvendo vários tipos e tamanhos de negócios, rentáveis ou não, e isso significa negócios com diversas pessoas. Tenho certeza de que são coisas chatas do trabalho, não nada legal. Deixo-o e não perco mais tempo em instalar Vó em seu novo *ninho*.

Quatro horas, um almoço delicioso, um episódio de *Supergatas* e um pacote de amendoins sortidos mais tarde, Vó já está oficialmente morando conosco. Graças ao meu gostosão atencioso, guardar as coisinhas dela não custou muito esforço da nossa parte. Ele equipou completamente o espaço, incluindo uma parede de madeira de cerejeira com prateleiras para serem preenchidas com bibelôs, coisinhas e enfeites, e até mesmo já tinha feito a cama com uma roupa de cama floral bem do gosto dela. De alguma forma, Brian deu uma passada lá com todas as caixas enquanto estávamos almoçando, deixando pouco trabalho "de verdade" para mim. Apenas organizei todas as miudezas em prateleiras e guardei algumas roupas. Dois terços do nosso tempo desempacotando foram gastos conversando e brincando. Ela me contou tudo a respeito do seu namoradinho da escola secundária e uma conversa inteira sobre outras transgressões, sobre as quais jurei manter segredo. Parece que Vó sempre foi do tipo que incendeia a coisa. Não me surpreendo. Ela é uma raposa e eu a amo por isso.

O resto do meu dia passou rápido. Ajudei Vó a se instalar e a deixei se familiarizar com sua nova casa enquanto eu repassava alguns planos para a loja, e só retornei ao quarto dela para dizer boa-noite bem depois do jantar. Após uma olhada rápida em toda a reorganização que ela fez, subo para nossa nova suíte máster, onde encontro Damon já de banho tomado e vestido, ou devo dizer *despido*, para a cama. Ele está deitado na transversal da nossa cama enorme, vestindo nada mais do que uma pequena e deliciosa cueca boxer. Ela segura e prende cada deliciosa curva dele... do patrimônio dele. A saliência considerável é evidente mesmo quando ele está relaxado, e não consigo evitar de lamber os lábios. O tecido elástico o emoldura e o abraça tão perfeitamente que meus dedos sentem uma pequena coceira. É uma visão do cacete, e minha boca está salivando pelo gosto salgado e aveludado dele em minha língua.

Paro na porta e me permito um momento para absorver a visão que Damon é. Ele está me observado observá-lo, e o ar entre nós fica mais pesado e denso de repente.

— Venha aqui. Tenho que entrar na minha futura esposa — ordena, com uma voz contida, cheia de garantia de prazer.

Sem dizer uma palavra, encurto a distância entre nós. Damon se senta e coloca as pernas para fora da cama, convidando-me a ficar de pé entre suas coxas nuas e carnudas. Faço como ele silenciosamente ordenou. Suas mãos envolvem cada uma das minhas ao meu lado e sobem lentamente pelos meus braços desnudos, detendo-se no meu pescoço. Seus dedos traçam círculos em minha nuca enquanto a outra mão alcança meu queixo. Sou puxada para mais perto dele, nossos rostos a milímetros de distância. Seus olhos pesados se fecham. Está claro que meu gostosão está fazendo o que ele faz com frequência: saboreando o momento. Ele está me saboreando, levando o tempo precioso de que precisa porque, com mais frequência do que o contrário, é como ele prefere as coisas. Meus lábios estão dolorosamente perto dos dele. Por mais que eu tenha sentido a plenitude da sua boca cobrindo a minha diversas vezes, nunca me canso. Aproximo a cabeça ao limite, na expectativa de que meus lábios sedentos possam persuadir a boca dele a me dar o que estou ansiando. Ele aperta a pegada que mantém em minha nuca aos poucos, mantendo-me no lugar. Isso faz com que eu fique sem o que quero, e aumenta meu desejo por ele. Tanto quanto ele me deseja. Damon é determinado. Ele tem um propósito e um plano para tudo que faz. Mesmo no quarto. A mão dele em meu pescoço é uma maneira sutil de me controlar e me dirigir. Aceito feliz seu controle sobre o meu corpo.

— Você tem que planejar esse casamento — fala com uma voz rouca. — Não sei quanto mais posso esperar para torná-la minha esposa.

Antes que eu possa responder à sua confissão, sou enlaçada por seus braços poderosos. Com um movimento suave, estou de costas, ainda completamente vestida, exceto por meus pés descalços. Damon se ajoelha entre minhas pernas completamente abertas e abre o botão e o zíper do meu short jeans, puxando-o para baixo quando eu fico na ponta dos pés e empino a bunda. Ele agarra o cós tanto do short quanto da calcinha e me liberta deles, mudando rapidamente a atenção para a minha blusa de mangas com capuz. O tecido macio é levantado pelo meu tronco, expondo o sutiã bege de lacinho que escolhi usar hoje. A blusa é cuidadosamente passada por minha cabeça e arremessada no chão em algum lugar ao lado da cama. Leva uma fração de segundo inteira para que ele me liberte do sutiã. Damon se inclina para a frente, equilibrando o peso do seu corpo em uma mão. Sua outra mão me agarra por detrás do meu joelho, elevando uma das minhas pernas para o seu quadril. Uma vez que me tem aberta e nua, ele me olha atentamente. Algo não dito brilha em seus olhos cor de âmbar. Não é familiar e me tira do equilíbrio assim que percebo. Ele tem algo a dizer, mas não está encontrando as palavras. Eu poderia lhe perguntar o que é, mas o conheço. Damon não é o tipo de homem que pode ser coagido, provocado, subornado ou ameaçado a fazer ou dizer *qualquer coisa*. Seguro a língua, esperando que ele me diga o que é sem eu ter que me intrometer.

Depois de um longo vislumbre, olho no olho, seus lábios se abrem para falar.

— Você sabe o quanto te amo, certo?

Faço que sim, apertando minha perna ao redor do quadril dele e aguardando que ele me diga o que está acontecendo.

— E sabe que eu jamais permitiria que algo acontecesse a você — continua, doce e vigorosamente, sustentando meu olhar. — Sabe que, não importa o que aconteça, vou fazer de tudo para mantê-la segura e feliz.

Concordo, tomando cuidado para que a confusão não transpareça em meu rosto. *Por que ele está dizendo isso agora? Está acontecendo algo que eu não sei?*

— Fale, Jo — ele insiste, ainda olhando para mim.

— Eu sei — obedeço.

— Que bom — sussurra, seus lábios pressionados no meu pescoço.

Meus olhos automaticamente se fecham. Minhas costas arqueiam na direção dele, de modo que meus mamilos intumescidos encontram seu robusto peito esculturalmente musculoso. O toque suave não é nem de longe suficiente e eleva minha necessidade por ele às alturas. Uso o pouco de impulso que tenho para puxá-lo para mim. Minha perna aperta o seu quadril novamente, puxando-o para baixo, para mim. Posso sentir um sorriso se espalhar naqueles lábios perfeitos. Uma risadinha gulosa lhe escapa. Com facilidade, ele sinuosamente retira a cueca. Damon ouviu a minha súplica. Meus olhos seguem sua mão até seu longo pênis, onde ele se toca, movimentando-o para cima e para baixo. Com meu coração martelando com força no peito, minha respiração rapidamente se torna um sopro superficial. Ele direciona sua ponta inchada ao meu clitóris pulsante. O simples toque faz com que eu me contorça por ele. Eu o quero. Preciso que ele me preencha. Ele me olha mais uma vez, então permite que a cabeça grande entre em minha abertura molhada e a posiciona. Fico parada e me preparo para ele. É mais do que suficiente para me distrair da gravidade do que preciso conversar com Noni no dia seguinte. Seus olhos me perfuram enquanto ele arremete sua extensão para dentro de mim, roubando meu fôlego e substituindo-o pela sensação que apenas Damon Cole sabe como extrair de mim. *Plenitude.*

Capítulo Três

Peso Compartilhado

O dia passou como um tipo esquisito de ar entediante de *Mulheres Perfeitas*. Noni se manteve ocupada limpando, organizando e reorganizando as coisas, e eu usei toda e qualquer desculpa para me manter no escritório com Hemingway como única companhia. Ela fez anotações detalhadas enquanto estive fora no dia anterior, e cada bilhetinho detalhando cada ligação e entrega está convenientemente colado em minha mesa. Sei que Noni é eficiente, mas tenho certeza de que seu bilhetinho detalhado tem mais a ver com ela querer me evitar. Sei que essa situação toda deve estar pesando para Noni da mesma forma como está para mim, porém, odeio que eu tenha que me treinar psicologicamente para falar com ela. Escondi-me no escritório pela maior parte do dia, pesquisando indiferentemente em revistas de casamento que peguei na bancada do caixa no mercado. Essa bobajada esnobe de casamento definitivamente não é a minha praia. Nós estamos noivos há meras três semanas e já estou perdida no Mundo Casamenteiro, quando realmente deveria estar focando na loja. Várias empreiteiras e vendedores entraram e saíram e voltaram no mês anterior, e alguns dias são o suficiente para fazer minha cabeça girar. A grande reinauguração está se aproximando rapidamente e há uma quantidade enorme de coisas a serem feitas. Uma vantagem de me esconder em meu buraco, evitando Noni e a verdade, é que dou um jeito de realizar uma grande quantidade de afazeres chatos.

Acho que essa situação com Noni é a mais desconfortável que já vivi. Estou tentando pisar em ovos com ela, mas tenho medo de tomar a iniciativa. Tenho medo de dizer alguma coisa errada ou de insultá-la e ela pedir demissão, restando-me explicar a Damon por que minha preciosa funcionária me deixou na mão. E eu gosto da Noni — sinto como se a conhecesse desde sempre —, por isso essa informação a mais me assusta pra cacete. Principalmente porque tenho que mantê-la para mim.

Espio-a a toda hora para ver se parece estar pronta para sentar e conversar, porém, até agora, nada. *Nada. Nadinha. Nadica. Zero. Que diabos vou fazer com isso?* Eu não deveria forçá-la. Não posso forçá-la. *Certo?* Ela é uma abelhinha operária ocupada numa constante rotação de limpar, organizar e armazenar a despensa. Sob qualquer outra circunstância, a ética de trabalho dela não teria nada do que se reclamar, porém, neste momento, é apenas esquisitice pura. Sei que ela está me evitando e com certeza acha que estou fazendo o mesmo.

Reviro os olhos para a confusão na qual me meti e me afasto da mesa. A hora de fechar já chegou, deixando-me imaginando se vamos conversar mesmo hoje. E, se não conversarmos, então todos os dias serão assim? Se é isso que devo esperar, não acho que serei capaz de aguentar por muito tempo. Uma hora alguém tem que ceder. Não posso continuar andando por aí sabendo o que sei e Noni fingindo que não sei. Nós precisamos conversar. Logo. Uma de nós tem que falar.

Vamos lá, Jo. Crie coragem. Dou a mim mesma um pequeno impulso motivacional enquanto caminho para a frente da loja para fechá-la. Assim que viro a plaquinha, vislumbro o sino familiar na parte de cima da porta e sorrio, lembrando dos dias simples de quando éramos apenas eu e o Capitão gerenciando o navio afundando que era a Bookends. Por piores que parecessem aqueles dias, meio que sinto falta deles. A vida era previsível naquela época. Agora tudo é lindamente terrível.

Tenho o amor da minha vida, que também por acaso é o homem cujo pai matou meus pais.

Tenho a Bookends, mas não tenho o Capitão para comer comida barata comigo.

Tenho a Noni trabalhando aqui, fazendo com que coisas maravilhosas aconteçam no café, porém, há um obstáculo entre nós, e isso pode arruinar tudo.

Se o Capitão estivesse aqui, ele tomaria a iniciativa. Posso imaginá-lo olhando para mim com aquele sorrisinho maliciosamente incrédulo, dizendo-me "endureça, Miss EUA. Amadureça e lide com as coisas". Depois, ele provavelmente iria vociferar sobre como esta geração é constituída principalmente de gente mole que não conhece a definição de trabalho duro.

Sinto muita falta dele.

Perdida em pensamentos, sou pega com a guarda baixa quando quase trombo com Noni ao voltar para o meu escritório.

— Oh, olá — gaguejo, com a língua travada.

Noni me dá um sorriso contido, então encara a toalha em suas mãos. Mexe o pano nervosamente entre os dedos, visivelmente travando uma batalha para conseguir falar. É doloroso de se ver.

Coragem, Miss EUA! Ouço as palavras zombeteiras de Capitão em minha mente, e não posso concordar mais com ele.

— Quer vir comigo? — Faço menção de ir para o escritório, ecoando o mantra encorajador em minha mente.

Noni concorda com a cabeça e me segue quando a contorno e me encaminho de volta para o meu buraco escondido. Puxo a cadeira de escritório bamba do Capitão, de modo a me sentar mais próxima de Noni. Ela se acomoda no único lugar vago no pequeno espaço. É bem dentro do escritório estreito, em frente à estante que uso como um porta-tudo — bolsa, coleira, livros, correspondências, tudo acaba indo parar lá em algum momento do meu dia.

Respiro fundo. Rápido é sempre melhor. É minha regra número um para tudo. Quanto mais rápido, melhor. Curativo? Arranque-o. Corte profundo? Passe álcool. Conversas horríveis e desconfortáveis com funcionários? Desembuche. *Foda-se.*

Com uma sobrancelha levantada, sinto-me confortável e começo:

— Pronta para falar? — tento perguntar baixinho, porque ela parece desconfortável. Até mesmo assustada.

Noni assente e respira profundamente. Seus assustados olhos castanhos se fecham por um segundo, então se abrem novamente, com algo novo neles: coragem.

— Tentei por muitos anos esquecer — começa, baixinho. — Mas não consigo. Acho que nunca conseguirei apagar essas lembranças. Não com o tempo, nem com bebida, nem com homens, nem com drogas. Acredite, já tentei de tudo. Continua tão fresco em minha memória como quando Ed me deixou lá, sangrando.

Os olhos dela se dirigem para mim e seu olhar foca vagamente à sua frente, na prateleira cheia de correspondências, receitas e livros que ainda tenho que catalogar. Seus olhos castanhos ficam imóveis e Noni está claramente em outro lugar que não aqui.

Preparo-me mentalmente para o que sei que está por vir. Acabamos de começar e chegamos direto no meio do pressentimento e da intensidade. Conheço aquele olhar. Ela está prestes a se lembrar de algo doloroso. Não sei se devo continuar a ouvir sobre o passado de Damon, mas não vou impedi-la. Se ela está mostrando coragem para falar — pela primeira vez, me parece —, então, vou ouvi-la. Vou compartilhar qualquer fardo que essas lembranças carreguem porque é o que faço. As partes dolorosas da vida são feitas para serem compartilhadas. Elas são feitas para serem disputadas pelas pessoas que lhe são mais próximas. Juntas. Às vezes, todos nós precisamos de alguém que venha nos resgatar. Ao menos é o que o Dr. Versan diz. Ainda estou testando a teoria. Acredito que agora seja o momento certo para praticar.

Noni respira fundo e começa a falar:

— Quando penso a respeito — ela começa —, tenho novamente dezessete anos e estou de volta ao mesmo lugar.

Sua voz é doce, porém forte, e seus olhos estão desfocados, encarando vagamente um ponto qualquer na prateleira.

Sei que ela não está aqui. Sei que, quando continuar a história, ela se sentirá aliviada. E eu também...

"O relógio no hotel de beira de estrada marca 21h17. Este lugar é uma pocilga. Eu o odeio. Mal posso esperar para ter dinheiro suficiente para conseguir um apartamento legal. Um apartamento meu de verdade. Vai ser caro, mas sei que posso fazer com que Jackie seja minha companheira de quarto. Ela é a primeira amiga que fiz desde que me mudei para cá. Se eu dividir as despesas, com sorte, terei meu próprio lugar mais cedo do que imagino. Falei para Shell que lhe enviaria fotos quando me estabelecesse. Dois meses se passaram desde que cheguei a Vegas e não tenho nenhuma foto para mandar. Shelly é minha melhor amiga no Kansas e achou que eu era maluca por

ir atrás desse sonho. Ela me disse que sabia que eu conseguiria vir para cá, mas não achava que minha família batista sulista participaria de qualquer forma nisso tudo. Ela estava certa. Meu pai quase me renegou e minha mãe só conversa comigo todo domingo às 21h30, depois que meu pai vai dormir. Não é o ideal, mas, uma vez que me recuperar, sei que eles virão me visitar. Vou deixá-los orgulhosos de mim. Vou conseguir me tornar uma dançarina e eles vão ver que não é nenhum pecado mortal ter uma dançarina de Vegas como filha. É preciso ter talento para vencer nesta indústria! Tenho expectativas altas para minha audição. É amanhã ao meio-dia. É por isso que é melhor que *Ed se apresse, se ele quer passar algum tempo comigo esta noite. Daqui a pouco, tenho que telefonar para minha mãe, e eu não ousaria lhe contar que tenho um namorado. Bom, meio que um namorado. Tá bom, ele não é exatamente meu namorado. Ainda não, ao menos. E o que estou fazendo com ele definitivamente é algo que minha mãe e meu pai chiariam a respeito. A gente ficou de sacanagem durante um tempo e dei um jeito de segurá-lo. Porém, sei que ele está ficando impaciente. Sou virgem e sexo ainda é um pouco assustador. Não o ato em si, mas sua finalização. Uma vez que eu perder minha virgindade, acabou-se tudo. É isso. Ainda estou me preparando. Ed é mais velho do que eu e é casado, porém, apenas legalmente. Ele me contou tudo sobre como ele e a esposa estão separados e se encaminhando para pedir o divórcio. Eles têm uma filha, por isso entendo que queira manter nosso relacionamento privado. É melhor assim.*

— Bev! — Finalmente Ed bate na porta do meu quarto.

Espio o relógio mais uma vez para avaliar quanto tempo tenho até ter que empurrá-lo porta afora por alguns minutos para que possa conversar com minha mãe. Ed não me deduraria intencionalmente, é claro, mas ele gosta de beber de vez em quando e quase sempre fica um pouco *escandaloso depois de umas doses.*

— Estou indo! — grito.

Levanto-me e endireito o vestido no espelho de corpo inteiro rachado pendurado na porta do guarda-roupa. Meu cabelo castanho desce livremente por minhas costas, preso de um lado com um pente de casco de tartaruga.

— Bom, apresse-se, menina! — Ed grita de volta. Isso não é um bom sinal.

Deslizo o ferrolho da fechadura e hesitantemente abro a porta até que a corrente fique esticada. Ed tenta empurrar, porém logo percebe que não abri de fato a porta para ele.

— Que porra é essa, Bev? — rosna.

Minhas suspeitas são confirmadas: ele está bêbado.

— Abra a maldita porta! — balbucia, cambaleando.

— Você está bêbado, Ed! Sabe que tenho que ligar para a minha mãe em alguns minutos. Não pode ficar *ao fundo falando alto como um bêbado. Ela vai te ouvir!*

Ed passa a mão livre em seu cabelo bagunçado e rosna.

— Não seja uma menininha burra. Abra essa maldita porta. Você acha que eu quero que alguém saiba sobre nós dois?

A forma como ele aponta o dedo indicador para mim, como se eu fosse um tipo de inseto, me faz sentir tão grande quanto um. Porém, ele faz isso de vez em quando, e sei que não quer me magoar. Não pra valer. Ele só fica um pouco louco quando bebe uísque como se fosse água. Não quero irritá-lo. Quero que ele goste de mim e, quando a hora chegar, espero poder contar a Shelly tudo sobre o meu namorado de 25 anos. Ela vai ficar muito surpresa. Mal posso esperar.

Suspiro pesadamente e fecho a porta para soltar a corrente. Quando está pendurada contra a porta de madeira, Ed a escancara, e quase me acerta.

— Ei! — grito. — Pare com isso!

— Ora, pare de sacanagem!

Não consigo acreditar que ele quase bateu a porta na minha cara. Ele já bancou o bêbado babaca, e agora tenho que convencê-lo a ir para casa. Se pensa que vou fazer alguma coisa com ele hoje à noite, está muito enganado.

— Por que você apenas não vai para casa, Ed?

Uma mão minha está em meu quadril, esperando ser assertiva o suficiente para chutá-lo daqui a tempo de ligar para minha mãe. Se eu não entrar em contato a tempo, ela provavelmente irá telefonar para a polícia e insistir para que eles vão atrás de mim.

O rosto de Ed se enruga como se eu tivesse enfiado um monte de cocô de cachorro debaixo do seu nariz.

— Quer que eu vá embora? Você me faz vir aqui, pensando que vou curtir pra caramba, e daí você começa com isso?

Ele aponta o dedo de mim para ele, depois novamente para mim, e se aproxima três passos.

Retrocedo até que a parte de trás dos meus joelhos encosta no colchão. Ele está me deixando nervosa e essa não é a forma de conseguir fazê-lo sair.

— Olha, vamos nos encontrar amanhã, ou algo assim. Tenho que ligar para minha mãe daqui a pouco e nós já andamos brigadas. A noite está arruinada.

Olho intensamente para Ed para ver se ele vai desistir, e fico aliviada ao perceber que ele parece muito bêbado e muito cansado. Cansado demais para discutir comigo. Ou para fazer qualquer coisa comigo.

— Tá bom. Só vou mijar e depois vou embora — ele balbucia, quase coerentemente, enquanto se encaminha para o banheiro.

Assim que a porta se fecha, respiro profundamente, sentindo-me aliviada, e caio de volta na cama. Sei que não deveria sequer estar vendo-o. Casado é casado, e ele é velho demais para mim, de todo modo. Sem contar que é um bêbado intenso. Se não fosse o fato de o bar favorito dele ser literalmente do lado deste hotel, não acho que teríamos nos conhecido.

Ouço a descarga, seguida da abertura da porta. Ed fica parado no corredor, os olhos vidrados. Seu semblante imediatamente me assusta e fico alerta por completo. Ele está agindo estranho e estou com medo. Preciso fazê-lo ir embora.

— Então, te vejo depois. Tenho que ligar para minha mãe. — Faço menção de ir na direção do telefone e do relógio no criado-mudo, que agora marca 21*h28.*

Ed fica parado, sem se mover, exceto por um leve balançar de bêbado. Ele está apenas me encarando. Seus braços estão esticados ao lado do corpo. Meus olhos se dirigem para baixo, para minha única toalha de rosto amarrotada em sua mão. Ótimo. Eu ganho uma toalha e uma toalha de rosto por vez, e ele acabou de usá-la. Não me surpreenderia se ele tiver sujado de alguma forma minha única toalha também.

Suspiro, e decido que manter-me em silêncio é o melhor a fazer. Não vou mais brigar esta noite. Ele só precisa ir embora e dormir, para o uísque ir embora. Podemos conversar depois.

— Então... — Levanto as sobrancelhas e faço um movimento em direção à porta, na expectativa de que ele vá

embora sem mais brigas.

— Você me queria aqui hoje — ele murmura. — Disse para vir hoje. — Ele finalmente dá um passo na minha direção e se afasta do batente da porta. — Você me pediu isso. — Ele se aproxima de mim, perto o suficiente para que eu veja algo assustador em seus olhos. Uma fria indiferença.

Uma voz dentro de mim grita para que eu corra. A adrenalina explode em minhas veias instantaneamente e, antes que me dê conta, um instinto animal me consome e saio da cama e corro em direção à porta.

O braço estendido de Ed me pega facilmente pela cintura. Sou levantada e jogada contra o colchão com tanta força que perco o ar. Antes que eu possa reagir, seu punho desce em minha direção, colidindo com o meu flanco com tanta força que penso que ele deve ter feito um buraco na minha pele e no meu osso. Nunca apanhei tão forte na vida. Não consigo pensar. Não consigo respirar. Não consigo fazer nada, a não ser sentir dor. É tudo que consigo fazer. Como estou mole, Ed facilmente monta em mim, seus joelhos prendendo cada um dos meus braços debaixo de todo o seu peso. Meus ossos doem e sinto como se pudessem quebrar com apenas mais um pouquinho de pressão. Começo a lutar, apesar da dor irradiando em minhas costelas e braços. A primeira vez que consigo respirar completamente é para me preparar para gritar. É quando vejo a toalha de rosto sendo enfiada em minha boca aberta.

— Por favor, Deus, me ajude! — grito, debaixo do tecido.

Comigo imóvel e quase quieta, Ed ri e se inclina para trás para tirar meus tênis. Com horror, vejo-o retirar os cadarços dos passantes. Ele levanta um joelho de cima do meu ombro e força meu braço para baixo. A força desta movimentação me vira de barriga para baixo. Tenho um microssegundo para lutar, e é o que faço. Empurro, chuto, me contorço e puxo, mas é tudo em vão porque Ed usa sua mão de mais de uma forma. Ambos os meus braços estão às minhas costas e posso sentir os cadarços sendo amarrados ao redor dos meus punhos, sendo apertados em seguida. Grito. Grito tão forte que isso rouba o pouco de ar que me resta. Ed está agora montado nas minhas costas e está claro o que está prestes a acontecer. Minha chance de escapar veio e foi embora. Tudo o que me resta é sobreviver. Com o peso do corpo dele mantendo meu peito imóvel debaixo dele, e o cadarço amarrado ao redor dos meus punhos, Ed tem liberdade para usar suas mãos, e é o que faz. Sua mão pegajosa desce para a lateral da minha cabeça e envia um raio veloz de dor, que ricocheteia em meu cérebro. Ele segura meu cabelo com aspereza, e minha cabeça é puxada para trás com tanta força que temo que meu pescoço possa quebrar. Mas não sinto isso. Não com a adrenalina salva-vidas bombeando velozmente em todo o meu corpo cativo. Não sinto nada que não seja dor e pânico.

— Você me queria aqui — ele rosna em minha orelha. — Você me fez acreditar que queria isso, então agora é o que vai ter, sua putinha provocadora de araque.

Posso sentir o odor acre de cigarro e uísque em seu bafo azedo. Não tenho certeza se é o medo, o cheiro dele ou a combinação de ambos, mas meu estômago dispara em resposta. Eu engasgo com força uma, duas vezes. Luto contra o reflexo do meu corpo de vomitar. Se vomitar, vou engasgar. E morrer.

"Sobreviva, Noni! Sobreviva!", entoo para mim mesma, enquanto lágrimas descem pelo rosto. Estou com tanto medo! Quero minha mãe e meu pai. Quero estar em casa, no Kansas. "Volte para casa, Noni", pede uma voz dentro de mim.

Então é o que faço. Vou para casa. Ao menos em minha

mente, é isso que faço.

Aperto com força meus olhos e penso na fazenda do papai enquanto a bainha do meu vestido é grosseiramente puxada para cima. Os campos vão até onde meus olhos podem alcançar. Sinto falta de estar lá. Sou puxada pela bunda para o limite da cama. Tento com mais força lembrar do cheiro que emerge dos campos quando a as plantações de trigo e milho estão recém-aradas. Flashes de trigo verde brilhante surgem por entre a soja e crescem rumo ao céu. O cheiro é como nenhum outro. É o cheiro de trabalho árduo, de perseverança e de terra, tudo em um só. É o cheiro de casa.

O medo ainda cresce em mim. Sei o que está por vir, mas não há nada que me prepare para isso. Meu coração acelera no peito e tento muito equilibrar minha respiração. Com um puxão forte, minha calcinha é arrancada. Um soluço escapa da minha boca, através da toalha de rosto. Lembro-me do quão assustada eu estava na primeira vez que dirigi o trator sozinha. Estava tão nervosa por fazer alguma besteira, mas meu pai me falou para relaxar e fazer a tarefa. Uma vez que está feito, está feito. Ele me disse que nunca mais eu teria que dirigir um trator pela primeira vez. Você só tem uma chance de fazer as coisas pela primeira vez. Algumas coisas você desfruta, outras apenas tem que fazer. "É a vida, querida", meu pai disse quando me levantou e me colocou na cabine da maquinaria intimidadora, um monstro que eu o tinha visto dirigir com facilidade mil vezes.

Grito alto por detrás da mordaça improvisada no momento em que sinto algo duro ser posicionado na minha entrada. Com toda força de vontade remanescente em mim, tento permanecer em meu retiro mental. Estou no Kansas. Não estou aqui. Não estou neste quarto de hotel horrível sendo estuprada por esse monstro. Estou em casa. Estou a salvo. Com um golpe exigente na minha entrada, ele rouba algo que não era dele. Meus olhos se arregalam. O fôlego em meus pulmões congela. Estou chocada e fui pega de guarda baixa pela dor. Ele não perde tempo em conseguir tudo o que quer. Outra estocada dura. E outra. E mais outra até que eu finalmente aceito a dor que me é dada. Paro de lutar e aceito. Meus olhos continuam sem piscar. Minha cabeça é virada para o lado e isso permite que meu corpo flácido, espancado e violado relaxe sob seu ataque. Com a bochecha pressionada contra a roupa de cama que pinica, agarro-me com força à única corda de salvação que tenho: minha mente. Minha mente ainda luta muito, embora meu corpo tenha se rendido. Minha mente é tudo que tenho. Minha mente permanece intocada por ele.

Encaro nebulosamente o telefone de discar bege no criado-mudo. Eu deveria estar ao telefone com minha mãe neste momento, penso, no momento em que ele começa a tocar. Espero que ela não esteja preocupada. Espero que nunca saiba o que aconteceu comigo. O que me tornei? Lágrimas novas se derramam dos meus olhos machucados com a ideia de como isso iria acabar com a minha família. Meus irmãos mais velhos iriam querer matar o Ed, e eu não os impediria se soubesse que eles não seriam pegos por isso. Minha mãe ficaria inconsolável e meu pai — bom, não tenho certeza do que ele iria dizer ou fazer, mas sei que não quero descobrir. Nunca.

A respiração pesada de Ed está mais alta agora que o corpo dele ficou mais devagar. Espero que ele pare. Por favor, pare. Por favor, pare. Por favor, pare. Não consigo parar de rezar para mim mesma. Só preciso passar por isso e tomar um banho. Preciso lavar tudo de mim. Preciso *lavá-lo de mim. Preciso lavar a lembrança desta noite. Ele se levanta e, com uma sacudida de dor excruciante, está fora de mim. Aperto os olhos com força. Não sei bem por quê. Seja por medo ou alívio, isso realmente não importa.*

— Viu o que acontece com putinhas burras que mexem com homens como eu? — ele se apressa em dizer, a apenas centímetros do meu rosto.

Uma mistura leve de tabaco e álcool toca a minha pele, fazendo com que meu estômago se alvoroce. Engasgo tão forte que minha lateral espancada estala em resposta. Uma costela quebrada, sem dúvida. Meus olhos se arregalam quando o sinal de alarme ressoa em minha cabeça. Não vou conseguir segurar desta vez. Vou vomitar com essa toalha de rosto enfiada na boca. Um medo novo toma conta de mim quando meu estômago se agita violentamente. Enquanto foco em não engasgar até a morte, vejo Ed fazer uma careta com sua aparência de bêbado. Ele não faz nada enquanto escapa por onde veio. Ele me deixa amarrada, espancada e pronta para morrer. Mas eu não me importo. Ele foi embora.

Nem sei o que dizer. Fico encarando-a pelo que parecem ser minutos seguidos.

— Descobri que estava grávida de Damon três semanas depois — sussurra, alto o suficiente para que apenas eu ouça. — Saí da minha consulta com o médico e parei no The Diner para gastar meus últimos trocados com um almoço. Joanne Bynum foi minha garçonete. Lembro-me de olhá-la e sentir pena dela. Ela era de meia-idade e trabalhava em um restaurante, de pé o dia inteiro. Lembro-me de pensar que eu nunca gostaria de terminar assim, trabalhando que nem cachorro por alguns trocados em alguma lanchonete medíocre. — Ela faz uma pausa e balança a cabeça com um sorrisinho aturdido. — Quando eu estava com um dólar e vinte centavos a menos para pagar pelo almoço, Joanne me deu um olhar compreensivo e me disse que eu poderia almoçar de graça se fosse uma funcionária.

Eu não tinha mais nada, nenhuma outra opção, então, aceitei o emprego. Nunca saí de lá. Eu me tornei aquela mulher de meia-idade andando por aí esfarrapada, com quase nada. Eles me contrataram apesar de eu estar com hematomas e sem teto. E fui grata por isso.

Capítulo Quatro

Porto Seguro

A história de Noni me deixa sem palavras; meu rosto está encharcado de lágrimas que eu nem sabia que havia derramado. Ela falou como se estivesse passando por tudo aquilo de novo. Como se ainda estivesse lá. Como se nunca tivesse saído daquela noite no quarto de hotel barato. Seus olhos focaram naquele ponto e naquele momento da história, e ela não estava mais no presente. Sei exatamente como ela se sente.

Não sei bem o que fazer agora. Sinto vontade de soluçar. Sinto como se devesse abraçá-la. Sinto vontade de lutar. Sinto vontade de encontrar Edward e arranhar a porra dos olhos dele, por Noni e Damon.

Inalo o silêncio entre nós e deslizo minha cadeira, de modo que ficamos perna com perna. Ela está sentada em silêncio ao meu lado, com as mãos nas coxas. Seus olhos ainda estão focados no ponto que ela encontrou no início de sua história. Coloco a mão sobre a sua e permaneço sentada. É um pequeno gesto, mas rezo para que ele fale alto para ela. Quero que ela saiba que estou aqui. Espero que entenda que isso sou eu dividindo esse fardo com ela. Sou eu aceitando parte do peso que ela carregou por tanto tempo. Sou eu aceitando-a como ela é. Minha querida amiga merece muito mais do que lhe foi dado.

Os olhos de Noni finalmente se movem, rompendo seu torpor. Seus olhos castanhos torturados se prendem aos meus e fica evidente que ela está no limite. Seus lábios tremem. Seus olhos se enchem com mais de trinta anos de lágrimas.

Repentinamente, ela joga os braços para os lados e se entrega, desmorona, desintegra, sua cabeça pousando em meu ombro com uma batida. As lágrimas assolam seu corpo violentamente. Ombros, braços, pernas, ela por inteiro está tremendo contra mim. Meus braços automaticamente a abraçam e me esforço para acolhê-la totalmente. Serei seu apoio, se é o que ela precisa.

Gosto de pensar que sou bastante forte, que sou bastante casca-grossa, porém, neste momento, não sou. Estar apaixonada por Damon amoleceu meu coração mais do que gosto de admitir e, com Noni desmoronando em meus braços, todos os meus esforços para me manter estável são inúteis.

— Ah, Noni — rouquejo, puxando-a apertado contra mim, tal como uma mãe segura uma criança, e chorando com ela. — Eu sinto muito. — O pedido de desculpas que sempre detestei escapa dos meus lábios antes que eu consiga impedi-lo. Sempre detestei como os pedidos de desculpas são. Eu os ouvi muito em minha vida e nunca pareceram sinceros; ninguém jamais poderia, de verdade, pra valer, sentir arrependimento ou tristeza pelo bem do outro. Ou assim era como eu pensava. Até a história de Noni. Até agora.

Eu sinto dor por ela. Sinto tanto nojo pelo que foi lhe feito! Não consigo pensar em mais nada que não seja o quanto sinto por ela, pela sua situação, sua vida... por tudo.

— Está tudo bem. Está tudo bem — repito, diversas vezes, esfregando a mão em seu ombro desnudo.

Após o que parecem horas — porém tenho certeza de que foram alguns minutos —, seus tremores diminuem e suas lágrimas ficam mais esparsas. Afrouxo o aperto ao seu redor. Ela funga algumas vezes e se endireita no assento ao meu lado. A toalha de cozinha que ela vem carregando o dia inteiro ainda está em seu colo. Ela leva o algodão macio do tecido aos olhos cansados e seca a última de suas lágrimas.

É neste momento, neste exato instante, que me dou conta de que Damon está prestes a descobrir tudo isso algum dia, e me ocorre que meu gostosão ficará totalmente cego por esta informação. Sei que ficará surpreso sobre Noni e frustrado comigo por agir nas suas costas (e venho me preparando para esta reação negativa), porém a realidade do assunto, de que ele está aqui porque aquele babaca estuprou uma adolescente... isso irá matá-lo. É a consciência alarmante que faz minha mente girar com várias maneiras de dar a notícia a ele, e nenhuma delas é ideal.

— E o Damon?

Noni me olha cautelosamente, como se eu tivesse acabado de apontar uma arma para ela.

— N-não sei se estou pronta, Jo. Eu... ele — perde-se ela.

— Precisamos falar com a Vó. Ela saberá o que fazer. Vó sabe tudo — divago.

— Jo, não sei se posso.

Seguro Noni pelos ombros e me enquadro em seu campo de visão.

— Ouça-me. A Vó é um porto seguro para se começar. Precisamos dela do nosso lado caso Damon descubra. *Quando* Damon descobrir — corrijo-me, porque não tenho como esconder nada de Damon. Não por muito tempo. Ele irá descobrir em algum momento e ter Vó para nos apoiar será crucial.

Noni relaxa a postura para a frente, segurando a cabeça com as mãos.

— Beatrice é uma boa mulher, mas tenho medo — ela admite, debilmente.

— Eu também — confesso, ciente de que qualquer tentativa que eu faça para parecer forte agora ficaria completamente evidente. Qualquer pessoa nesta situação ficaria assustada. Não sou diferente.

Os nervos são uma coisa engraçada. Minha experiência com a ansiedade é limitada. Nunca tive o luxo de me sentir assustada ou apreensiva até recentemente, na verdade. Sempre foi "pegar ou largar" para mim, o que não deixava espaço para ser tímida. Ser tímida era uma boa forma de ser alvo de alguém com menos do que boas intenções. Ser tímida teria significado ser fraca demais para pegar o que eu precisava quando eu precisava. Treinei a mim mesma para ser sem vergonha e, na maioria das vezes, essa tem sido minha característica favorita de personalidade, porém, neste momento, eu pagaria por alguma iniciativa para navegar neste desastre. Amar as pessoas tem me dado ansiedade, eu acho. Tenho pessoas para desapontar agora. *Como eu deveria contar para ele? Eu devo contar? Como ele iria reagir? O que faria com Noni? O que faria com Edward?*

Quando saio da via principal e entro no caminho para a nossa nova casa, minha mente ainda está um pouco frágil com o que Noni revelou. Nenhuma preparação teria sido o suficiente para *isso*. Noni está fragilizada agora, mas meu próprio senso de curiosidade mórbida me faz imaginar como ela deve ter se sentido durante a gravidez de uma criança que era fruto de um estupro.

Antes que as lágrimas sobre a violenta concepção de Damon surjam novamente, afasto qualquer pensamento sobre o assunto. Com uma respiração funda e limpa, desligo a SUV, pego Hemingway e saio do carro. A picape de Damon está estacionada bem em frente, por isso tenho certeza de que ele está aqui, a não ser que tenha pegado a BMW hoje. Uma pequena parte de mim espera que ele não esteja. Não estou exatamente pronta para encará-lo sabendo o que sei.

Uma vez do lado de dentro, caminho diretamente pela casa até a porta dos fundos. O apartamento da Vó é uma caminhada curta por um caminho feito com pavimento decorativo. Seu alojamento pessoal é como uma miniatura da casa principal, com a pintura externa combinando e tudo o mais. Travo meus olhos na pequena varanda da frente e me apresso nessa direção. Preciso ver a Vó. Toco a campainha e balanço a cabeça, lembrando-me do quão deliciada ela ficou por ter uma campainha. Ela é uma bruxa velha deformada.

— Entre! — Ouço-a falar lá de dentro.

Abro sua porta e entro, parando quando vejo Vó sentada em sua poltrona reclinável com um rolo de fita adesiva, uma lanterna e seu andador, os óculos de leitura empoleirados na ponta do nariz.

— Que diabos está fazendo? — Não consigo evitar o encantamento em minha voz.

— Preciso de uma luz nessa coisa — ela responde, espiando por cima dos óculos de leitura vermelhos. — Pega uma tesoura, sim?

Vou à sua cozinha e pego a tesoura de cortar aves no porta-utensílios ao lado do fogão.

— Aqui. — Eu a estendo a ela.

Ela manipula o rolo de fita adesiva e a lanterna instavelmente, enquanto tenta colocar os dedos enrugados nos buracos da tesoura.

— Aqui. Deixe-me ajudá-la. — Deito o andador no tapete e me ajoelho no chão para ajudá-la. — Por que exatamente estamos colocando uma lanterna no seu andador? — pergunto, enquanto arranco um pedaço de fita do rolo.

— O caminho de acesso é escuro à noite. Preciso de um farol na frente para ver aonde estou indo.

É uma explicação simples o suficiente, então apenas dou de ombros. Tenho que admitir, a mulher é prática pra caramba.

— É uma boa ideia, mas acho que o Damon ia colocar luzes no caminho de acesso.

— Isso aqui funciona tão bem quanto. Pra que gastar dinheiro?

— Vou deixá-la discutir isso com o gostosão — sugiro, com um sorriso, ciente de que Damon vai rir bastante da nova invenção da Vó.

— Pode deixar — me assegura. — Embora eu vá ter que patentear a coisa se funcionar bem. Posso te dar uma porcentagem, já que você fez o trabalho pesado.

Alguém bate de leve na porta. Falando no diabo... Damon abre a porta e dá uma olhada na bagunça no chão e depois em nós duas, e então balança a cabeça.

— Se importam se eu perguntar o que vocês duas estão aprontando?

— Turbinando o andador da Vó — respondo, de maneira tão simples quanto Vó me explicou.

— Entendi. — Ele balança a cabeça e reprime um sorriso, enfiando suas grandes mãos nos bolsos da calça. Droga, ele é lindo. É o melhor tipo de ironia ficar olhando para o meu gostosão. Ele é lindo em todas as formas, charmoso, centrado e generoso, e mesmo assim é fruto do mal puro.

Rapidamente, mudo o rumo dos meus pensamentos. Olho a fita de perto enquanto passo-a com cuidado ao redor da lanterna, prendendo no trilho da frente do andador e puxando para baixo as partes grudentas. Mais dois pedaços de fita e estará finalizado.

— Pronto. — Sorrio para Vó e coloco seu andador de pé na frente dela. — Agora você tem um farol.

— Lindo! — declara Vó. — Vou chamá-lo de Besta de Um Olho.

— Por favor, não. — Seguro uma risada.

Vó sorri disfarçadamente e se senta novamente em sua poltrona, pensando em nomes melhores, sem dúvida. Olho para Damon, que está casualmente apoiado na parede, parecendo com o típico Damon. Mangas enroladas para cima, gravata afrouxada, dois botões abertos expondo aquela depressão deliciosa na base de seu pescoço, calças cor de bronze apertadas deliciosamente nos quadris, ao redor dos quais eu, com muita frequência, envolvo as pernas.

— É uma boa ideia, Vó, mas o jardineiro vai instalar iluminação nos dois lados do caminho de acesso — explica Damon.

Vó zomba e olha para o meu gostosão.

— Bom, é um desperdício. O Ciclope vai funcionar bem. Não precisa de luz extra.

— Ciclope? Esse seria um nome ótimo se vocês duas tivessem utilizado uma lanterna de cabeça em vez... *disso*. — Damon olha especulativamente para nossa invenção.

— O quê? E bagunçar o meu cabelo? Nunca — rebate Vó,

balançando a mão para a sugestão de Damon.

Uma risada irrompe em Damon; é uma coisa linda. Adoro vê-lo tão despreocupado e feliz. É um lembrete de que ele merece rir. Merece ser feliz. Merece muitas coisas e planejo vê-lo conquistá-las.

Ele dá alguns passos em minha direção e me puxa para ele quando sua risada diminui.

— Obrigado por ajudá-la com tudo. — Seu sussurro é como uma pena em minha orelha, de tão leve, causando arrepios que arrepiam minha pele. Meus olhos se fecham e respiro fundo seu cheiro incrível. Sabonete, roupa limpa e *Damon*. — Te amo, querida.

— Eu te amo também — sussurro, sentindo-me ruborizar e ficar um pouco tonta.

Seu celular toca dentro do bolso, quebrando o transe enamorado no qual eu estava. Ele o pega e olha para a tela.

— Preciso atender. — Ele desliza o dedo indicador no visor e se vira para se afastar. — Mike, o que você tem para mim? — pergunta ao telefone quando fecha a porta de entrada da Vó.

— Quem é Mike? — Vó pergunta a mesma coisa que ando me questionando.

Dou de ombros, dispensando-a, e fico de pé, caindo no novo sofá dela. Este é o momento para conversar. Sei disso, mas estou travando uma batalha para encontrar as palavras certas.

— Tenho uma pergunta para você, Vó.

— Eu tenho uma resposta — ela graceja, colocando Ciclope de lado.

Desembucha, aconselho-me intimamente. Preciso superar isso.

— O que diria se eu te dissesse que encontrei a mãe de Damon?

Minha voz sai baixa. Muito mais baixa do que eu tenha algum dia ouvido. Meus olhos ansiosos encontram os azuis cristalinos da Vó e toda a brincadeira, sagacidade e humor a abandonaram.

— O quê? — ela murmura.

É raro vê-la tão séria, mas esta é uma das ocasiões em que isso acontece. Encolho-me ligeiramente no sofá.

— Você a encontrou?

Uma concordância com a cabeça é tudo o que posso oferecer.

— Você se encontrou com ela? — A voz de Vó não passa de um sussurro.

— Esta é... a parte complicada — confesso, desejando poder retirar tudo que disse, desejando que pudesse voltar no tempo e esquecer ter visto aquela certidão de nascimento. Porém, mesmo que pudesse, isso não mudaria o fato de que conheço Noni há anos. Nós todos estaríamos conectados de uma ou de outra forma tortuosa, independentemente de eu ter sabido a verdade. A vida pode ser uma tremenda filha da puta.

— Diga, Jo — Vó me repreende severamente, batendo o pé. Ela está no limite agora e não posso culpá-la. Criou o Damon na maior parte do tempo e ele sempre foi dela para proteger, e aqui estou eu, buscando a mãe verdadeira dele.

Puxo o ar profundamente e me preparo para a história difícil que aguarda ser contada, porém, antes que possa dizer qualquer coisa, Vó sai de seu lugar e vai para a porta. Ela a abre e espia o jardim, olhando em direção à casa principal.

— Acho que ele está lá dentro, mas, se ele tocar aquela maçaneta, cuidado com a palavra "mãe". Entendeu? É sério, Jo. Ele não pode ouvir nada sobre isso. Não está pronto.

Faço que sim. Ela volta para sua poltrona reclinável e se senta, então olha para mim com expectativa. *Aqui vai.*

— Eu a conheço — admito, baixinho, olhando para minhas mãos. — Acontece que a conheço há anos.

Vó me observa com cuidado, fazendo que sim com a cabeça para que eu continue.

— Vó, a minha amiga, Noni, que contratei, é a mãe de Damon. Vi a certidão de nascimento dele e achei que encontrá-la jogaria um pouco de luz nas coisas, mas eu a conheço desde sempre. Ela conheceu Damon quando nós dois começamos a sair e reconheceu o nome dele de imediato. Eu não sabia quem ela era até o dia em que ele me pediu em casamento. O nome verdadeiro dela é Beverly Da...

— Menina, shh! — ordena Vó.

Tapo a boca e arqueio as sobrancelhas, chocada com o fato de ela falar assim comigo.

— Sei quem ela é, Jo. Sempre soube. Tenho ciência daquela garota desde que ela apareceu na minha porta da frente, grávida de Damon. Beverly Wynona Davis. Eu *não* sabia que você a conhecia, mas sei do resto. Sou velha, não idiota.

Pela segunda vez hoje, fico sem palavras. *Ela sabia, caralho?!*

— E-eu achava que você havia dito que sabia o primeiro nome dela e só.

— Eu menti — ela silva. — Fiz muito isso para proteger Damon.

Um semblante de consternação estraga seu rosto enrugado e me sinto horrível pelo o que tenho que dizer em seguida. Ela respira profundamente antes de continuar.

— Quando um menininho pergunta por que seu pai o odeia, você ficaria surpresa com quão fácil é mentir em vez de contar a terrível verdade.

A expressão no rosto da Vó conta um milhão de verdades. Só posso imaginar como deve ter sido difícil ficar dividida entre seu neto e seu filho beligerante durante todos esses anos.

— Eddie o odiou desde o momento em que ela o entregou para mim — diz, balançando a cabeça. — Aquele bebê querido foi a gota d'água em seu casamento, então sei que parte da razão pela qual ele sempre se ressentiu com Damon foi porque, de sua maneira distorcida, Eddie o culpou. Pelo término, quero dizer. Eu apenas nunca entendi por que ele se ressentia *tanto*. Nunca compreendi de fato. — Ela estala a língua, ainda balançando a cabeça. — Não é culpa da criança que Eddie traiu a esposa e engravidou outra pessoa. O coitado do Damon é inocente dos pecados dos seus pais e tudo o mais.

— Tem mais, Vó. — O peso do conhecimento é grande. O peso de ter que ser a pessoa a contar à Vó o que o filho dela fez a uma garota inocente é insuportável.

— É claro que tem. — Ela balança a cabeça, claramente exasperada. — Sempre há mais em toda história, não é?

— Quero que venha comigo à loja amanhã para conversar com ela, mas não antes de ouvir o que ela me contou.

— Certo... — Vó diz, com cautela, claramente aguardando que eu continue a história.

— Não é culpa dela — começo. — Noni... E-ela não teve escolha. Ele... Edward... fez algo inimaginável, Vó. Ele-ele... — Não consigo sequer me fazer dizer as palavras. Percebo que ela se dá conta do que estou tentando dizer com este conto sórdido.

Suas mãos envelhecidas vão à boca, estarrecida pelo que acabei de lhe contar.

— Ele não fez isso — murmura por trás das mãos.

— Ele fez — afirmo.

— Meu Deus. — Vó balança a cabeça em descrença. — Tem certeza? Como sabe disso?

— Ela me contou tudo. Cada detalhe horrível. E o jeito que ela olhou para... a forma como contou... o que ele fez com ela... — Minha voz some. Balanço a cabeça e luto contra o nó em minha garganta, contra as lágrimas. — É evidente por que ela abriu mão de Damon. Não estava em posição de cuidar dele física ou emocionalmente.

— Meu Deus — repete Vó, ainda em choque. — Eu irei contigo à loja de manhã. Tenho que vê-la. Coitada daquela menina. — Vó olha para o chão e posso ver as lágrimas derramando de seu rosto.

Concordo com a cabeça. Sabia que Vó iria querer ver Noni. Ela vai querer fazer as coisas do jeito certo e limpar tudo depois do que Edward fez, como sempre teve que fazer.

— Falei para ela que você é a pessoa mais certa para conversar primeiro, portanto, por favor, seja gentil, Vó. Ela está... ela está frágil. E não sabe muito da infância de Damon. Não sei como contar. Não sei se um dia poderei.

É a primeira vez que penso no outro lado do cenário. Tenho andado tão consumida em manter a identidade dela em segredo para Damon, que sequer pensei no que tenho que manter em segredo de Noni. Se ela soubesse pelo que Damon passou, o que Edward fez a ele, isso a devastaria. Ela se sentiria mais culpada ainda, como um monstro, em vez de uma vítima, e Noni não é um monstro. Nem perto disso.

Levanto e vou na direção da Vó, agachando-me para beijá-la na bochecha.

— Boa noite, Vó. Te vejo pela manhã.

— Gostaria de ter feito mais por ela — murmura Vó, sem olhar para cima.

Não sei exatamente como responder a isso, ou se devo.

— Você fez o que pôde — digo baixinho. — Esteve lá para Damon.

Ela balança a cabeça, sem dúvida lembrando-se do que descobrimos nos diários de Damon.

— Está tudo no passado agora, eu acho — ela diz, dando tapinhas na minha mão. — Você é uma boa garota, Jo. — Ela finalmente olha para cima e me dá um sorriso triste. — Boa noite.

Deixo o apartamento da Vó e sigo pelo caminho em direção à casa, desejando nada mais do que ver Damon e querendo evitar isso ao mesmo tempo. Noni está se sentindo culpada, Vó está envergonhada e eu estou tão assustada com tudo isso que mal sei como agir. Tapar tudo tal como tenho feito está prestes a sair pela culatra em breve. Não tenho como saber como isso será encarado e é o que mais me perturba. Vou proteger meu gostosão a todo custo. Vou manter seu coração protegido mesmo que tenha que mentir por um tempo, e parece que Noni e Vó precisam conversar antes que alguém diga qualquer coisa a Damon.

O jantar é simples e relativamente silencioso. Damon come rápido como de costume, depois passa o resto do jantar observando-me de perto, o mais perto que acho que ele já chegou a ficar. Ele não diz nada, mas nunca de fato precisa. Preocupa-me pensar que ele vá cismar com meu desconforto. Fingir bom humor definitivamente me denunciaria. Damon sabe quando estou genuinamente feliz e não há forma de fingir o que sei para a minha cabeça e meu coração.

Pondero a situação enquanto lavo a louça e decido dar uma simples explicação que é verdade pelo menos em parte. Ele não perguntou ainda, porque provavelmente está aguardando que eu me abra, porém, estou preparada. Vou aguardar. Se perguntar o que me deixou de mau humor, posso lhe dizer que o dia hoje no trabalho foi uma merda porque é verdade, foi.

Arrasto-me escada acima para nosso quarto, pronta para ouvi-lo perguntar o que está acontecendo, e encontro-o parado diante da pia do nosso amplo banheiro, escovando seus dentes perfeitos, vestindo apenas uma toalha. Só com uma olhada e já sei qual é o remédio ideal para sossegar o pesadelo que foi o meu dia.

Seus olhos calorosos encontram os meus no reflexo do espelho e sou sugada pelo vórtice que é Damon. Cada parte dele convoca meu corpo a se aproximar, pele com pele, olho no olho. Sua pele ainda está brilhando do banho, seu cabelo está úmido e desgrenhado, e há apenas barba suficiente em sua mandíbula para pinicar minha bochecha. *Perfeito.*

Paro atrás dele na pia e passo os braços ao seu redor, pressionando o corpo contra o dele. Minha bochecha descansa em suas costas definidas e permito que meus olhos se fechem por um momento. Só de estar aqui com ele é uma distração bem-vinda para a minha realidade caótica.

— Vai me dizer o que há de errado ou devo apenas te comer até você dizer?

Pressiono os lábios em suas costas, dando beijinhos.

— Apenas um longo dia, querido — digo, no meio de um beijo —, mas ficarei com a opção B, em todo caso.

O corpo de Damon sacode quando ele ri.

— Não precisa me dizer duas vezes. Para a cama — ordena, no maior estilo homem das cavernas.

Ele se vira e tremula a toalha em seus quadris, revelando seu pau já duro. É legal vê-lo pelado. É como terapia para os olhos, e me regozijo com a ideia de ele ser aparentemente alto o suficiente para que se incline para a frente e me carregue em seu ombro. Um gritinho escapa de mim quando sou carregada do banheiro direto para a cama. Alcanço e belisco cada lado de sua bunda musculosa antes de ele me jogar no colchão.

Damon engatinha na cama, prendendo-me numa jaula feita de músculos definidos. Fico feliz em cumprir minha sentença. Fico feliz em esquecer tudo sobre Vó ver Noni no dia seguinte. Fico feliz em esquecer de tudo.

Capítulo Cinco

Reunião Familiar

Se a Vó está nervosa, não transparece. Eu a espiei uma dúzia de vezes ou mais durante o trajeto até a loja esta manhã e em todas as vezes ela estava apenas murmurando sozinha uma canção no rádio e observando a paisagem enquanto passamos como um raio por ela.

— Está nervosa? — pergunto, por fim.

— Nã-não — ela zomba. — Os nervos são para os jovens. Estou bem, docinho. E você?

— Claro que estou nervosa! Prometi a Noni que esta seria a forma mais fácil de começar. Não quero me tornar uma mentirosa. — É uma súplica e um aviso ao mesmo tempo. Confio na Vó, mas não na situação.

— Ficarei bem, Jo. Tudo vai ficar bem — ela reassegura, daquela forma que apenas as mães conseguem.

Funciona para acalmar minha agitação. Concordo. O resto da viagem é feito em silêncio.

Respiro profundamente quando contorno o SUV para ajudar Vó a descer. Desdobro seu andador turbinado e ativo o mecanismo de trava. Ela sorri e desce do Volvo.

— Depois de você, Vó — digo, sinalizando para que ela vá na frente.

Vó solta "oohs" e "ahhs" por toda a loja e faço com ela

um rápido tour completo antes de deixá-la no escritório com Hemingway e algumas revistas de casamento. Quero-a fora de vista até que consiga falar com Noni e avisá-la de que Vó está aqui.

Noni chega à loja anormalmente tarde. Assusto-me, por um minuto, que ela me escape. Quando finalmente vejo seu cabelo castanho, levemente salpicado de cinza, solto um suspiro de alívio.

— Ei, Noni — cumprimento-a com cuidado, tentando medir seu humor.

— Bom dia, Jo.

Resiliente. É a primeira palavra que me ocorre e encontro-me admirando a mulher que me deu o melhor presente que eu poderia ganhar: Damon. Ele nasceu da violência e da decepção, mas, acima de tudo, ele nasceu. Ela poderia ter feito um aborto. Poderia ter escolhido acabar com a vida dele antes que de fato começasse, mas não o fez. Ela demonstrou uma coragem inabalável quando muitos desistiriam. Não posso dizer que a culparia se ela tivesse escolhido outro caminho. Diante da mesma circunstância, não tenho certeza se escolheria manter a criança que representou algo tão terrível.

— Você está bem? — pergunto baixinho.

Ela engole com dificuldade e então me dá um sorriso breve, porém tranquilizador.

— Sim. Acho que estou, na verdade. Você é a primeira pessoa que sabe o que aconteceu e é esquisito, mas sinto-me aliviada que você saiba. Eu estava pensando ontem à noite e decidi que andei escondendo isso há tanto tempo que não me dei conta do quanto meu segredo me tornou solitária. Então

— ela anda para a frente e passa os braços ao meu redor —, obrigada.

Fecho os olhos e dou meu melhor para manter o controle dos meus sentimentos. Essa coisa toda despertou sentimentos em mim que estavam mortos desde que Maman e Papa morreram. Eu os sufoquei por pura necessidade. Eu tinha que ser forte, e ser emotiva simplesmente não era parte dessa equação. Neste momento, só quero me debulhar em lágrimas.

Noni agarra meus ombros e me segura à sua frente com um sorriso cativante no rosto. É o suficiente para romper a barricada que levantei tantos anos atrás. Lágrimas idiotas se formam em meus olhos e me sinto como uma tola choramingando.

— Ignore. Estou sendo besta — digo, limpando minhas bochechas molhadas.

— Oh, querida. — Noni me puxa para outro abraço e é tão bom senti-lo em meus nervos esfarrapados e à flor da pele que não quero que acabe.

— Ando tão emotiva esses dias — murmuro — que é ridículo. Com o noivado, a casa nova, a mudança da Vó, a loja, o casamento, você... — Sacudo a cabeça e limpo uma lágrima fugitiva em meu queixo. — Falando na Vó — observo Noni, com cuidado para não a assustar —, ela está aqui. No escritório.

Os olhos de Noni se abrem. Sua mão vai ao peito, agarrando na altura do coração. Ela fica imóvel à minha frente, com os olhos bem abertos, porém em silêncio.

— Ela sabe — continuo. — Conversei com ela ontem à noite. Ela quis te ver. — Faço uma pausa, imaginando se deveria aguardar uma resposta. — Quer vê-la? — ofereço, em vez de insistir.

A reação de Noni é sutil, mas está lá. Ela me dá um

quase perceptível aceno de cabeça e já é hora de ir. Caminho obedientemente à frente dela, abro a porta do escritório e revelo Vó. Ela solta um pequeno suspiro quando vê Noni pela primeira vez em trinta anos.

— Meu Deus. — Vó fica de pé e empurra seu andador do qual, juro, ela parece não precisar. — Minha doce, doce menina — diz, e abre bem os braços, convidando Noni para eles.

Sem parar, Noni entra no abraço. Simples assim, as lágrimas escorrem no rosto de nós três. Elas se abraçam por um longo tempo, sussurrando algumas coisas uma para a outra, que não consigo ouvir da porta.

O momento finalmente termina quando Vó se afasta e dá tapinhas na bochecha de Noni. Olho de Vó para Noni e de volta para Vó. Elas precisam de privacidade e eu preciso parar com toda essa choradeira e trabalhar um pouco. O Capitão jamais me deixaria em paz ao ver todas essas emoções femininas e provavelmente murmuraria algo completamente machista sobre as mulheres serem hormonais e, portanto, perigosas. Ele nunca está longe dos meus pensamentos, especialmente nos últimos tempos, e flagro-me sentindo mais sua falta a cada dia. Antes que meus sentimentos tomem conta de mim novamente, dou uma pausa.

— Vou trabalhar um pouco — informo baixinho. — Vocês duas conversem por um tempo. Se precisarem de mim, estarei aqui fora. — Sinalizo com o polegar em direção à loja e saio.

Elas têm muito o que conversar e eu tenho uma livraria para preparar para uma grande reinauguração. A montanha de trabalho me aguardando é uma saída bem-vinda do presente, e eu me jogo de cabeça.

Abro completamente as amplas janelas do nosso novo quarto e permito minha cabeça nadar no lindo, porém complicado, cenário de vida.

Tenho sorte de ter Damon. Sei disso melhor do que ninguém. Nunca quis pôr em perigo o que tenho com ele, mas temo que acabei de fazer isso. Não fiz nada para merecer a ajuda dele no acidente anos atrás e realmente não acho que fiz qualquer coisa de especial para merecê-lo agora. De verdade, a única coisa que fiz foi me tornar uma vítima no acidente de carro que fundiu nossos mundos, o que não foi exatamente uma opção, porém, me prendeu a ele, apesar disso. O lado de fora desse relacionamento é uma aparência bem pintadinha, mas eu e ele sabemos que um terapeuta de prontidão é um sinal indicador de que há muito mais em que precisamos trabalhar. Nós parecemos felizes. Parecemos um casal apaixonado e construindo uma vida juntos, mas ao mesmo tempo estamos trabalhando para fechar a cicatriz de nossas vidas apenas para manter essa fachada. É difícil admitir, mas, quando você compara nossas infâncias de merda, acho que perder os meus pais foi um final melhor. Ao menos, eu não tenho nada além de lembranças carinhosas deles. Ao menos, nunca passei um dia pensando que eles não me amavam ou não me queriam. Damon passou todos os seus trinta e três anos sabendo que foi entregue por sua mãe e odiado por seu pai. Não posso imaginar o quanto essa realidade o afetou. Meu coração dói mais pelo passado dele do que por minhas próprias tragédias.

Agora fui lá, peguei uma situação já caótica e alimentei o fogo ao cavar o passado dele. Procurei a identidade da sua mãe e, agora que tenho a informação que queria, não tenho mais certeza se a quero. *De forma alguma.* O pensamento ameaçador de Damon descobrir o que fiz me assusta pra cacete. Algo bem no fundo de mim foi torcido, gritando para deixar toda essa mentira e rezar para que isso se resolva da forma como é. Uma imagem mental de um Damon furioso, assustado e mais traumatizado tem me atormentado há semanas. Acho que a única coisa que me assusta mais do que isso é a visão de um Damon que se feche e se recuse a se importar. Já travei uma guerra com esse Damon uma vez. Venci a batalha, mas não estou completamente segura de que ganhei a guerra. Ver um olhar de indiferença fria cruzar o lindo rosto dele é algo que nunca mais quero ver de novo. Quase acabou comigo da última vez. Passar por isso novamente iria acabar com cada porção da minha determinação.

A reunião de Vó com Noni quase me exauriu hoje e não sei se consigo ir mais longe com isso. Não sei se *deveria* ir mais longe. Não sei como conseguirei manter isso para mim. Elas conversaram, conversaram e conversaram o dia todo. Almocei com elas, mas as deixei sozinhas assim que comi rapidamente meu sanduíche, sem entrar de fato na conversa delas. Nenhuma das duas pensou duas vezes quando pedi licença para voltar a trabalhar. Elas continuaram conversando até a hora de fechar, e eu ignorei a náusea que a minha paranoia evocou.

A picape de Damon estacionando no caminho de casa me tira da familiar consternação obscura. Vejo sua figura alta e rígida descer facilmente do carro e caminhar em direção à porta de entrada. Logo antes de pisar debaixo do toldo, seu olhar derretido se direciona para cima quando sente que o estou observando da mesma forma como sempre sinto quando ele me observa. Sua expressão é dura e posso dizer que ele está fazendo uma linha direta para mim. É difícil dizer se o tremor que está tomando conta de mim é pela excitação pela antecipação que aqueles olhos conseguem fazer ou se é o medo constante e desinibido de a verdade vir à tona.

Leva trinta segundos inteiros para Damon aparecer no

batente da porta do nosso quarto. Seus ombros largos tomam todo o espaço da entrada. Olho para ele e, seja por escolha consciente ou por reflexo, mantenho-me calada. Ele fica ali parado por um momento, parecendo desgrenhado e com raiva, mas sem falar.

Merda.

Meu coração acelera e faz com que eu sinta pânico. Quero dizer alguma coisa. Eu deveria dizer alguma coisa, mas meu cérebro está numa porra de umas férias e deixou o medo total tomando conta do lugar. Damon levanta a mão, mantendo um dedo ereto, e dá passadas longas e determinadas em direção ao nosso banheiro. Ele fecha a porta, deixando-me confusa. *Que diabos?*

Ele abre a porta um momento depois parecendo... extraordinário. Tirou a camisa e está apenas de calça. A forma como casualmente se escora no batente da porta, enquanto meticulosamente seca as mãos grandes, me assusta e faz com que eu lamba os lábios como um cachorro faminto. Porra, ele é lindo. E ele é meu. *Meu.*

— Eu...

— Shhh — ordena. Ele se endireita e ronda pelo espaço entre nós.

A visão dele vindo em minha direção faz meu corpo vibrar com uma necessidade crescente. Uma necessidade de cada pedaço dele. Uma necessidade de prová-lo. Uma necessidade de afogar a preocupação em um mar de luxúria e calor. Uma necessidade de estar bem. No momento em que ele entra no meu espaço pessoal, seu cheiro me inunda, fazendo-me navegar no limite do desespero.

— Eu quero... — começo a suplicar.

Suas mãos sobem para os meus ombros e me viram para longe dele, para espiar pela janela. Ele se posiciona tão dolorosamente perto da minha bunda que eu involuntariamente a pressiono para trás, contra ele, ansiosa para senti-lo. Uma mão encontra o caminho para o meu estômago, onde ele estica totalmente sua mão, cobrindo quase toda a largura do meu abdômen. Seus lábios fazem um contato dolorosamente suave no lóbulo da minha orelha, enviando um arrepio que vai para todas as direções, como uma ondulação na água.

— Parece que não sou o único que sabe manter segredos — ele sussurra em minha orelha.

Sua respiração em minha pele é leve como uma pluma, totalmente contraditória ao peso de chumbo que acabou de firmar residência em minha garganta. Meu coração para, e o medo apaga o fogo que ele tão facilmente acendeu.

Ele sabe.

Estou paralisada, em todos os sentidos da palavra. Meu cérebro foi levado como refém pelo medo que tudo consome. Parece que meus pés estão fundidos em concreto e meu estômago... bom, vamos apenas dizer que meu estômago está prestes a expelir o sanduíche que comi tão apressadamente no almoço.

Damon coloca algo em minha mão. *Papel.* Ergo-o para examinar o que quer que seja que ele tenha descoberto.

Uma revista de casamento. Uma porra de uma revista de casamento?

Viro para encará-lo com total incredulidade escrita em meu rosto. Seguro o papel no alto e levanto uma sobrancelha.

— O quê? — pergunto o mais timidamente que consigo.

Damon pega a revista de mim e folheia casualmente até uma página marcada quase no meio.

— Top Dez Destinos Para Lua de Mel — ele lê o título do artigo que eu havia dado uma olhada no dia anterior. — Você ficou olhando Paris. Nunca me disse que queria ir a Paris. Por quê?

Você só pode estar de sacanagem.

Suspiro e, tal como se alguém soltasse a prensa onde estavam meus nervos, meu corpo relaxa, minha ansiedade se retrai para um nível administrável e meu estômago, embora ainda inquieto, não me ameaça mais de ter que me pendurar na privada. Balanço a cabeça para o meu gostosão e passo os braços ao seu redor.

— Acho que esqueci de mencionar isso para você. Nós não precisamos ir. Eu apenas... Não sei... chamou minha atenção, uma vez que foi lá que fui concebida.

— É lá que você quer passar nossa lua de mel? — pergunta diretamente.

— Não me importo aonde vamos, amor, desde que eu seja sua esposa.

— Adoro a forma como isso soa — ele admite.

Suas mãos se tornam gananciosas, explorando minha bunda. Gemo, e minha testa descansa no seu peito. É todo o encorajamento de que Damon precisa. Suas mãos agarram a parte de baixo da minha bunda e sou alçada. Minhas pernas o abraçam pela cintura enquanto ele me carrega para a cama.

Damon não perde tempo tirando minha roupa. Com um puxão rápido, ele remove as calças pretas de ioga que uso para ficar em casa. Ele deixa minha calcinha fio dental azul-marinho no lugar, mas se livra da minha blusa e do meu sutiã. Deito-me diante dele na mais fina das rendas, voluntariamente e pronta para ele. A umidade entre minhas pernas acena para ele. Suas calças caem no chão e se unem em seguida à sua cueca boxer. Contorço-me ao vê-lo se revelar para mim. Seu pau inchado pula para a frente, saliente e totalmente para fora. Meus olhos traçam cada veia latejante, cada nervura e o contorno aveludado e macio da cabeça do seu pau. Minha língua involuntariamente aponta para fora da boca, umedecendo meus lábios. Damon sabe o que eu quero.

Levanto um dedo sinuoso e convido-o a se juntar a mim na cama.

— Quero meus lábios envolvendo o seu pau, amor.

Ele sobe na cama e deita de costas, seu pau pesado contraindo-se contra seu abdômen. Ajoelho-me entre suas pernas, inclino-me para a frente e tomo toda a sua extensão. Sua cabeça molhada bate no fundo da minha garganta, mas faço com que vá ainda mais fundo. Espio e vejo Damon olhando para baixo, para mim, a mandíbula cerrada, os olhos cheios de prazer.

Minha mão desce e sobe na sua extensão, com estocadas demoradas e firmes. Minha língua circula e desliza ao redor da ponta larga do seu pau, conquistando um gemido vagaroso de algum lugar do fundo do seu peito.

— Porra, amor — ele diz, e então puxa o ar entre seus dentes cerrados.

Seus quadris começam a se sacudir sob minha administração à medida que o aproximo do seu alívio. Uma mão grande se emaranha em meus cachos castanhos, guiando-me para cima e para baixo.

Abruptamente, sua mão aperta meus cabelos, paralisando-me.

— De costas — ele rosna, afastando-me.

Não penso duas vezes e faço como ordena, abrindo bem as pernas para o meu gostosão. Seus dedos se enganchan em minha calcinha molhada. Seu polegar puxa o tecido delicado e, rapidamente, a junção entre minhas pernas já é toda dele. Seus lábios vão para a parte interna macia das minhas coxas e plantam beijos carinhosos e vagarosos em seu caminho para o centro úmido.

Meus quadris se contorcem. Minhas costas arqueiam. Desejo tê-lo por completo. Com os olhos fechados, a boca habilidosa de Damon domina minhas partes mais sensíveis. Um especialista completo com sua língua, esmagando meu clitóris pulsante. Um gemido alto ressoa ao nosso redor. Isso apenas o encoraja. Seus lábios se fecham ao redor do meu clitóris e meus quadris se sacodem; meu corpo está esfomeado. Ele alterna entre uma chupada leve e passadas fortes de sua língua. Pequenos tremores de eletricidade queimam em minhas extremidades, fazendo com que minhas pernas se contorçam e se sacudam em sincronia com cada passada de língua. Meus dedos encontram seus cabelos escuros como chocolate amargo, enlaçando as mechas bagunçadas.

— Porra, seu gosto é perfeito, amor. — Sua voz baixa reverbera através de seus lábios contra minha carne, fazendo-me tremer em seu aperto. — Tão doce.

Minha respiração se torna rápidos suspiros quanto mais perto fico de gozar.

— Ah, Damon — gemo.

— Isso aí, amor — ele me estimula.

Minha cabeça se inclina para trás, em direção ao travesseiro. Meus olhos se arregalam, minha boca se abre, e meu corpo arqueia, dando-me por completo à sua boca magistral. Uma corrente de prazer é lançada em mim em todas as direções, exterminando todo o pensamento cognitivo.

Ele acabou de me comer, sem nem mesmo me comer. A ironia não escapa da minha cabeça saturada de endorfina. Só mesmo meu sobrepujante deus do sexo da vida real poderia empunhar esta insígnia de magia. Sou sua apoiadora feliz.

O corpo musculoso e definido de Damon se arrasta para cima do meu, estabelecendo-se entre minhas coxas trêmulas. Meus mamilos intumescidos imploram por atenção e meu gostosão agradece. Sua boca cobre brevemente meu mamilo, chupando-o com força. Ele belisca, criando a quantidade perfeita de dor, depois repete seu trabalho no outro lado.

Aperta seu pau vibrante e eu olho para baixo para ver a brilhante gota bem no topo da ponta larga. Ele se aproxima, colocando-o bem em cima do meu clitóris sensível, depositando sua gota única de prazer bem ali. *Puta que pariu, isso é quente.*

Involuntariamente, meus quadris se inclinam para cima, desesperados, querendo colocá-lo para dentro. Seus olhos cor de mel me queimam no mesmo instante em que ele entra em mim, revestindo-o até o topo. Ele está o mais fundo possível e a completude que causa é deliciosa. Nossos suspiros ecoam quando ele se inclina para mais perto, prendendo-me. Apoiado nos cotovelos, seu peito bem definido se esfrega em meus seios, aumentando a satisfação.

Estocada após estocada funda, Damon leva-nos perto do clímax. Estou impotente debaixo dele. Minhas unhas cravam nele. Minhas pernas prendem ao seu redor com força. Sua respiração se torna mais rápida e mais pesada. Sua velocidade aumenta. O ar em meus pulmões estagna. Meus dedos dos pés se curvam dolorosamente. Meus músculos se retesam com o pau de Damon explorando cada pedaço de prazer que ele tem para dar. Ele mete mais uma, duas, três, quatro vezes, e então estremece, derramando-se dentro de mim.

Ainda com ele enterrado, passo os braços e as pernas ao seu redor, abraçando-o. Beijo a veia pulsante em seu pescoço e permito que nós dois saboreemos o êxtase que demos um ao outro.

A respiração de Damon fica mais pesada e seu corpo relaxa contra o meu antes que eu tenha a chance de lhe perguntar por que ele parecia tão perturbado à tarde. O que quer que o tenha feito ficar tão desgrenhado é um mistério para mim. Duvido que fosse dar muita explicação também. Ele nunca dá. Mesmo assim, espero que o que o tenha deixado frustrado não tenha nada a ver comigo. Ou Noni. Ou Edward.

O sono vem fácil apesar do nível crescente de preocupação. Só espero que, quando e se Damon descobrir o que eu descobri, ele não vá se distanciar de todo mundo que o ama. Principalmente eu.

Capítulo Seis

Pequena Dor

Depois de fazer café da manhã para mim, Damon e Vó, reúno minhas coisas para o trabalho e as coloco na bolsa de ombro. Tenho uma lista de coisas a fazer hoje e rezo para que seja suficiente para me distrair dos meus pensamentos.

— Ei. — Pego Damon pela gravata e o puxo para mim quando ele passa pelo saguão. — Você está bem? Você parecia irritado quando voltou para casa ontem.

— Versan — ele explica, encolhendo seus ombros largos. — O charlatão acha que sabe de tudo. É só isso.

A consulta dele.

Eu havia esquecido que ontem foi quarta-feira e Damon iria ver o bom médico para sua consulta regular.

— Quer conversar sobre isso? — ofereço, ciente de que ele provavelmente dirá não.

— Vou ter que pagar você? — ele me provoca e dá uma piscadela.

— Claro. — Aperto meu peito, fingindo-me de ofendida.

— Diga o seu preço, senhora.

— Hum... Ah! — Levanto o dedo e em seguida puxo-o para mais perto pela gravata de seda.

Seus lábios tocam os meus e, simples assim, sou atada a tudo de Damon Cole. Mesmo que por apenas um momento, esqueço do mundo e de cada pessoa nele. Por apenas um instante, somos apenas eu, Damon e nossa conexão.

— Ah, dá um tempo — lamenta Vó, com uma repugnância zombeteira.

Ela entrou no saguão com seu andador adornado com fita adesiva, uma mochila no ombro e seus óculos de leitura pendurados no pescoço.

A risada profunda de Damon ressoa contra meus lábios antes que ele se afaste com um sorriso largo direcionado à mulher que o criou. Ele olha de volta para mim e me dá um beijinho casto.

— Tenho que ir, amor. Te ligo mais tarde. Tchau, Vó — diz, saindo pela porta.

— Ok — grito. — Te amo!

— Te amo também! — ele grita de volta.

Uma vez que a porta se fecha, olho para Vó e não consigo evitar rir.

— Qual é o lance com a mochila? Vai voltar para a escola?

— Não, Srta. Espertinha. Tenho algumas fotos e coisas para a Noni dar uma olhada.

— É, acho que ela tem muita coisa para se atualizar — admito.

É quando finalmente me dou conta de que Noni perdeu quase trinta e três anos da vida do seu filho. Ela desistiu de muita coisa. Não o viu crescer, aprender e se transformar de um bebê para uma criança e depois em um homem. Se eu um dia tiver um filho, não posso imaginar perder tudo isso. A mera ideia de não ver um bebê que fiz com Damon é suficiente para gerar uma pequena dor em meu peito. Não gosto dessa ideia.

Nem um pouco.

Noni chegou antes de nós no trabalho esta manhã e o local está começando a parecer mais com algo que eu deveria esperar. Com mais frequência do que o contrário (com exceção do dia anterior, de verdade), chego ao trabalho e encontro Noni aguardando para entrar. Ela é confiável em todas as formas. Até parece ter a mesma aparência todos os dias. Seu cabelo castanho é alisado e preso para trás com um pente. Suas roupas são de segunda mão, mas são profissionais e estão sempre passadas e limpas. Ela cheira a perfume de lavanda. Seus olhos castanho-escuros são levemente margeados com delineador, seus cílios, recobertos com uma quantidade modesta de rímel. Não posso dizer que ela precisa de muito mais do que isso. É uma mulher linda apesar da sua circunstância. Se eu tivesse olhado mais de perto antes, acho que teria visto meu gostosão em Noni. Ele tem os mesmos cílios longos, cabelo castanho-escuro e olhos castanhos, embora os dele sejam mais cor de mel enquanto os de Noni me lembram mais chocolate derretido.

Eu deveria simplesmente dar a ela uma chave de gerente em vez de fazê-la aguardar do lado de fora todas as manhãs com sua marmita, bolsa e caneca térmica.

— Bom dia, Noni — cumprimento-a quando puxo as chaves da loja da minha bolsa.

Vó cambaleia em direção a ela e agarra Noni em um abraço que parece ser reservado a mães. Não tenho total certeza de como sequer descrever esse tipo de abraço, mas sei que é duradouro, carinhoso e cheio de trocas de segredos sussurrados no ouvido uma da outra. Fico um momento admirando essas duas mulheres, colocando distraidamente a chave na porta e girando-a até ouvir o deslizar da lingueta. Posso não ter mais minha mãe por perto, mas ganhei duas mulheres maravilhosas as quais qualquer pessoa teria orgulho de chamar de mãe. Elas são o exemplo perfeito do que é uma mulher forte. Eu as idolatro.

Noni dá seu típico sorriso doce e costumeiro.

— Bom dia, Jo.

Vó cambaleia para dentro da loja, seguida por Noni, enquanto escoro a porta aberta com o pé estendido.

— Trouxe as fotos das quais lhe falei — diz Vó para Noni, cobrindo o coração com a mão e sorrindo pesarosamente. — Estou animada para olhar para elas. Já faz um tempo.

— Vocês duas vão para o escritório. O cara da mesa vai vir às dez horas — digo, e confiro o relógio de pulso.

Não é mais o relógio de Maman, e eu ainda estou me acostumando com isso. Porém, é um substituto bem caro. Meu Rolex novo combina com o de Damon (embora eu não tenha muita certeza se são o mesmo, apesar da marca e do fato de ser um relógio); é lindo, rosa dourado brilhante com diamantes decorando o visor. É simples, porém elegante, e tenho que admitir que o adoro. Tentei recusá-lo, porém Damon insistiu para que eu o aceitasse até que ele levasse o relógio de Maman para consertar, após o desastre do banho. Não sei por que me incomodei em tentar resistir a este presente elaborado. Damon não aceita não como resposta. Nunca. Tenho que lembrar de perguntar a ele sobre o relógio de Maman quando chegar em casa...

Vó e Noni se retiram alegremente para o escritório, deixando-me para começar a preparar as coisas para o cara da mesa. Ele chegará em uma hora mais ou menos e, uma vez que foi Damon quem organizou esta reunião, não há como recusar.

Ele jura que essa empresa de móveis customizados é perfeita para dar uma repaginada na loja, torná-la um ambiente mais "amigável aos jovens adultos". O nome do cara é Jonathan Greene e aparentemente ele personaliza mesas com tomadas para recarregar em bistrôs. Cada mesa comporta três clientes e acomoda três tomadas para e-readers, laptops, tablets e celulares. Elas até mesmo têm essas portinhas de levantar para dar privacidade, fazendo com que a mesa pareça uma torta fatiada ou algo assim. A empresa se chama Going Greene, e algo nisso soa tão pomposo que me flagro franzindo o nariz sobre sua escolha de nome para a empresa.

Às 09h45, a porta da loja se abre e entra o assistente de Damon, Brian, uma mulher loira e de pernas longas e um rapaz que presumo ser filho dela. Deve ser a irmã de Brian. A semelhança é impressionante.

— Jo, querida, conheça minha irmã mais velha, Lindsay. Lindsay, Jo. — Ele aponta de mim para ela e vice-versa. — E esse namorador é meu sobrinho, Trey.

— Namorador, de fato — digo, piscando para o menininho bonito.

Pela segunda vez hoje, vislumbro como meus bebês com Damon se pareceriam: cabelo marrom acetinado de bebê com olhos cor de mel e lábios de bebê grandes e carnudos. Um lado superfeminino meu desmaia e se derrete em uma piscina de hormônios em algum lugar no chão. *Que diabos, Jo?* Afasto a visão e foco em Brian, que está batendo o pé impacientemente.

— Como posso ajudá-lo, Bri?

— Trouxe Linds comigo porque estamos buscando emprego para ela hoje, mas o Chefão me disse para estar aqui e tomar notas durante essa reunião com a Going Greene.

— Quer dizer, me espionar.

— Espionar, não! Mais como microgerenciar no padrão de qualidade dele. — Brian dá de ombros, em seguida, ajeita uma mecha fujona de cabelo loiro-escuro da testa. *O gel deve ter acabado.* Ou gesso. Ou o que quer que ele use para acertar seu cabelo formando uma espécie de capacete de ferro.

— Você está de babá — lanço, por sobre meu ombro, quando me retiro para trás da cafeteria para buscar um copo de café fresco. — Quer algo para beber, Trey? — pergunto ao menino de olhos verdes.

— Sim, senhora — ele responde, educadamente. — Você tem achocolatado?

— Não acho que tenhamos, mas, sabe, *tem* uma pessoa aqui que faz um chocolate quente fantástico. Quer um? — ofereço, inclinando-me para a frente como se estivesse contando algum segredo nacional.

O sorriso enorme de Trey é a resposta de que preciso.

— Já volto. Brian, você e Lindsay fiquem à vontade — falo, indo em direção ao escritório.

No ínterim que roubo Noni de Vó e volto para a cafeteria, o Sr. Jonathan Greene se juntou à nossa pequena festa privativa. Brian está parado com seu tablet a postos, mas Trey desapareceu na sessão infantil. Lindsay parece estar imersa no menu que Noni desenvolveu. O Sr. Greene está ao lado de Brian, esperando por mim.

— Olá. Jo Geroux. Prazer em conhecê-lo. — Estendo a mão para ele.

O Sr. Going Greene sorri pretensiosamente, e eu internamente marco um ponto para mim mesma, por haver previsto isso. Ninguém nomeia seu negócio com o próprio nome desse jeito a não ser que esteja verdadeira e completamente apaixonado por si mesmo. *Going Greene. Poderia tranquilamente também ter sido Cocô Pomposo.*

— Prazer em conhecê-la, Jo. Jonathan Greene. — Ele aperta a minha mão por um pouco mais de tempo, rapidamente tornando essa reunião estranha.

— Sim, bom, hum. Vamos começar, hum? — pergunto, batendo as mãos à minha frente.

Uma hora e meia em sua presença e já estou inventando desculpas para ir ao escritório, deixando Brian tomando notas do chamativo Sr. Greene. Já tive o suficiente da sua citação e sua fanfarronice.

Quando reapareço, o Sr. Greene já deixou a loja e, aparentemente, também o fizeram Lindsay e Trey.

— Onde sua irmã foi? — pergunto, olhando ao redor.

— Não sei, mas ela saiu daqui como se o cabelo dela estivesse pegando fogo. Disse que voltaria logo. — Brian sinaliza para a porta como se estivesse completamente despreocupado. — Mandei uma cópia das minhas anotações por e-mail para você e Damon. Preciso ir. O Chefão já me mandou duas mensagens para pegar um arquivo de Mike Passarelli — diz, balançando a cabeça, guardando seu tablet em sua bolsa masculina.

— Quem é Mike?

— O espião pessoal dele — responde Brian, facilmente.

— O quê? — Não me esforço em esconder o semblante engraçado no rosto.

— É, o Mike faz a espionagem pessoal de Damon em tudo, nos negócios e na área pessoal. Como você não sabe disso? — ele esganiça, da forma mais estranha.

— Boa pergunta — murmuro baixinho, porque realmente não entendo por que ainda não sei nada sobre esse cara. *Quem contrata alguém para ficar espionando para ele? Alguém com interesses a proteger.*

— É, o Mike é todo machão, tipo Bruce Willis, em *Duro de Matar*. Ele é bem gostosão também. Não vá me trazer problemas, garota. — Brian aponta um dedo bem cuidadinho para mim.

— Jamais — asseguro, levantando os braços em sinal de rendição.

— Tá. "Té" mais, garotinha — ele cantarola a caminho da porta.

— Tchauzinho, escoteira — rebato.

Um espião? Tipo um investigador? Parece que vou ter que perguntar a Damon um pouco mais esta noite do que só sobre o relógio.

Capítulo Sete

Hora da Verdade

Quando nossa casa surge à vista, vejo a picape de Damon estacionada na frente. Fico surpresa. Ele raramente chega antes de mim.

— Vou tirar um cochilo, Jo — Vó diz, quando a auxilio a descer do carro. — Vou lá mais tarde.

— Ok, Vó. Descanse.

Sigo-a pelo caminho até seu apartamento e a ajudo a entrar. Sorrio e fecho a porta, em seguida, volto para casa para tirar a roupa e ver o que Damon está fazendo. Gostaria de saber tudo sobre esse cara, Mike Passarelli. Estou especialmente curiosa para saber se Mike me investigou quando começamos a sair.

— Damon? — chamo-o, e aguardo um instante pela resposta. Nada. Vou na direção do seu escritório, apostando que vou encontrar meu gostosão lá. Bato de leve na porta e a abro antes que Damon fale para que eu entre. Nunca espero pelo convite. — Ei, eu chamei você — digo ao entrar. — O que está fazendo?

Damon está sentado atrás de sua mesa, lendo o conteúdo de uma pasta, com uma expressão vaga no rosto. Todos os nervos em meu corpo estão em alerta máximo. Algo não está certo. Ele se levanta sem dizer nada e dá a volta na mesa, avançando em direção à porta.

Damon fecha a porta do seu escritório e fica parado entre mim e a saída.

— O que você fez? — pergunta firmemente.

Meu coração instantaneamente duplica sua velocidade e já sei o que está por vir. Posso ver em seus olhos. Ele sabe. Está acontecendo e não estou pronta para nada disso.

— O que você fez? — ele repete com uma voz estranhamente calma. A única resposta que posso dar é uma série de acenos de cabeça. — Não negue, Josephine; eu vi você e a Vó conversando com ela na loja.

— O quê?

— Câmeras CCTV, Josephine. Foram instaladas ontem à noite.

— Você as está usando para me espionar?

— Isso é irrelevante.

— Não, acho que é completamente relevante. O que mais andou espionando, hein? O Mike te deu algo comprometedor?

Vou em direção à sua mesa e pego a pasta, abrindo-a. Meus olhos escaneiam as primeiras linhas antes que Damon atravesse o cômodo e a arranque das minhas mãos, colocando-a de volta na mesa.

***Assunto:** Edward Cole*

***Achados:** Dívida substancial em diversas instituições privadas de empréstimo e suas afiliadas. Nenhum apelido conhecido. Sem contas ou propriedades no exterior. Dois números de celular registrados como "Edward Cole". Continuar a vigilância tal como previamente discutido.*

Assunto: *Philippe Geroux, Collette Geroux, Josephine Geroux*

Achados: *Phillipe Geroux — falecido. Collette Geroux — falecida. Parentes conhecidos — Josephine Geroux.*

— Me dá isso! — grito. — É sobre mim!

— Não. Quando você descobriu? — ofende-se Damon, sua mandíbula travada.

As coisas estão saindo do controle rápido demais. Minha cabeça se embaralha com palavras, mas todas elas parecem ser as erradas.

— Quando? — ordena ele.

— Eu vi sua certidão de nascimento quando encontrei os cadernos e comecei a procurar por ela — confesso debilmente. — Enviei uma carta à pessoa da certidão. Eu não sabia que era ela.

Damon fecha os olhos com força e deixa pender sua cabeça. Ele passa as mãos pelas suas já desgrenhadas madeixas.

— E?

— Ela me telefonou no dia em que você me pediu em casamento e admitiu ser sua mãe.

— Josephine...

Não fica claro se a forma como ele disse meu nome é um pedido ou uma reprimenda. Dou um passo em sua direção e ergo a mão para ele. Só quero melhorar as coisas. Não quero que se machuque. Não quero que ele saiba, mas está por vir. Posso prever sua pergunta antes mesmo que ele a pronuncie.

— O que você sabe? — Seu olhar atormentado encontra o

meu, deixando-me insegura e assustada.

Respiro profundamente e me apoio no que me resta de coragem, preparando-me para confessar a terrível verdade. Preparo-me para partir seu coração já delicado e para despedaçar sua consciência.

— Tudo.

A palavra tão carregada sai como um murmúrio. Está pesada com estupro, tragédia, abuso e mentiras perpetuadas contra Damon por todos ao seu redor, eu inclusive. Não dá para ficar pior do que isso.

— Elabore, Josephine.

Odeio quando ele usa meu nome inteiro com aquele tom de voz. É um sinal claro de que ele está falando mais do que sério. Não me resta mais o que fazer a não ser contar-lhe toda a verdade e rezar para que ele não desmorone sob o fardo do saber. "A ignorância é uma virtude" — isso não poderia ser mais verdade neste momento.

— Damon, amor...

— Não! Não se atreva a suavizar isso agora! Conte-me o que sabe! — Ele aponta o dedo para mim e grita tão alto que meus ouvidos ressoam em protesto.

Lágrimas queimam meus olhos e o nó em minha garganta é suficiente para me afogar. Sou conduzida até um canto pelo meu gostosão atormentado, sem saída.

— Ele a estuprou, Damon — sussurro.

A confissão soa tão distante! Não parece eu. Talvez porque eu odeie muito a verdade ou talvez porque esta seja a primeira vez que, de fato, a digo em voz alta. Observo atentamente quando as sobrancelhas de Damon sobem, formando uma linha enrugada. Sua atenção alterna entre mim e o chão aos meus pés. Posso vê-lo processando as palavras em sua cabeça.

— Oh, meu Deus. — Ele cobre o rosto com suas mãos grandes e se afasta de mim. — Porra!

O punho de Damon atinge violentamente a parte de trás da porta do escritório. A madeira balança e lasca sob a força do impacto, e eu me sobressalto instintivamente. Já o vi com raiva antes, mas nunca assim tão puto da vida. Há muito mais raiva queimando em seus olhos. Percebo que ele está ferido, devastado. Penso não só na informação errada que lhe foi forçada por todos esses anos, mas também pela perda da sua mãe e pelo crime indescritível que seu pai cometeu. Damon sabe como é ter 17 anos e sentir como se sua vida tivesse terminado antes mesmo de começar. Foi roubado muito tanto dele quanto de Noni, pelo mesmo homem. É um elo de convergência entre eles dois que espero que os ajude a se conectar, apesar da história sombria deles.

— Vá embora, Jo — ele sussurra, sem olhar para mim. — Vou lhe dar todo o dinheiro que precisa. Vá para a cobertura, por enquanto. Vou me certificar de que alguns arranjos sejam feitos, mas você tem que sair daqui. — Ele move a cabeça de um lado para o outro em pequenos balanços, seus lábios unidos e franzidos.

Isso é ruim.

Ele passa por mim e pega o paletó na sua cadeira, vestindo-o com facilidade.

— O quê? Por quê? Não vou pra nenhuma droga de lugar! — rebato, e toda a tristeza evapora.

Estou confusa e irritada. Não. Esqueça. Meu nível de frustração acaba de ser elevado para algum lugar entre louca de raiva e pura indignação. Supostamente, vou me casar com esse homem e ele espera que eu coloque o rabo entre as pernas e fuja para as montanhas? Ele deveria me conhecer melhor.

— Você não pode fazer parte disso, Jo. Não vou colocá-la em risco e não serei capaz de manter meus olhos em você o tempo todo. — Ele passa por mim e contorna a mesa.

— Parte do quê, exatamente? — exijo uma resposta.

Ele não pode fazer algo impetuoso, perigoso ou ilegal. Não vou deixá-lo se colocar em perigo de nenhuma forma.

— Não importa. Você simplesmente não pode ficar aqui.

— Bobagem! — Minhas mãos vão para meus quadris e posso sentir o calor subir às bochechas.

— Você já não teve o bastante? Já não viu o suficiente para saber que correr o mais longe e rápido possível é a coisa mais inteligente a se fazer agora? — Damon grita, detrás da mesa. Ele está com a palma de uma mão aberta na madeira, mantendo-o no lugar. Levanta a mão livre, direcionando à porta destruída. — Eu sempre quis o melhor para você. Nunca tentei tanto ser alguma coisa para alguém. Mas você... — Ele levanta a mão da mesa e aponta diretamente para mim. — Porra, Jo. Por você, eu faria qualquer coisa, *exceto* colocá-la em risco para se machucar. E é exatamente o que vai acontecer se você ficar aqui. — A última parte do seu discurso o faz parecer um homem conquistado confessando a verdade, e isso faz meu coração afundar. — Sou uma lembrança constante de tudo que é negativo, Jo. — Damon cai em sua cadeira de escritório de couro.

Me parte o coração ver meu gostosão tão atormentado pelo passado, um com o qual ele está relutante para lidar. Ele não tem que aceitar o passado — talvez nem agora nem nunca, mas preciso que ele me aceite. No mínimo, ele tem que me aceitar, aceitar minha ajuda, meu ouvido, meu amor... tudo que tenho para oferecer.

— Você é uma lembrança constante, tudo bem. — Contorno sua mesa e descanso a mão em sua barba grossa. — Você me lembra todo dia exatamente por que eu disse sim. A forma como me olha — deslizo entre ele e a mesa, colocando-me entre suas pernas —, a forma como me mantém segura — inclino-me para a frente e planto um beijo casto em sua testa —, a forma como pensa em mim em primeiro lugar.

Damon vira o rosto para o lado e permite que eu o puxe para o meu peito. Por reflexo, seus braços envolvem minha cintura, e isso é um bom sinal de que eu posso estar vencendo essa batalha.

— A forma como me resgatou de mim mesma — continuo, suavemente, plantando outro beijo no mesmo lugar —, a forma como me olha — pego suas bochechas, afastando-o apenas o suficiente para me dar o ângulo certo para plantar outro beijo na base do seu nariz —, a forma como me toca.

Seus olhos se fecham quando me inclino para pressionar meus lábios no seu maxilar definido. Ele suspira e sei que está voltando para mim.

— A forma como me ama — falo, um pouco mais alto do que um sussurro.

Meus polegares passam por sua face definida até que seus olhos se abrem, queimando vivos com puro amor e luxúria. É o sinal definitivo que eu estava esperando. Eu o persuadi. Venci a batalha. *Desta vez.*

As narinas dele inflam quando ele respira fundo e seu maxilar trava. Um rugido emana de dentro dele no mesmo instante em que suas mãos grandes pegam meus quadris com um aperto firme, erguendo-me em meus pés.

— Te amar é tudo que eu sempre quis, Jo.

Meu coração salta no peito ao ouvir a doce confissão dele. As mãos experientes de Damon deslizam pela faixa do meu robe para o laço. A seda escorrega fácil dos meus ombros, revelando-me para ele. Seus olhos vagam livremente pelo meu corpo. Nada havia mudado. Desde a primeira vez que ele me teve e em todas as vezes desde então, ele para um instante para admirar cada curva, olhando desavergonhadamente o que vai preencher.

Dá um beijo casto entre a ondulação dos meus seios. Ele parece tão derrotado agora que eu faria de tudo para melhorar as coisas. Ergo minha mão a fim de domar as mechas de cabelo que escaparam, mas ele pega meu pulso no meio do caminho.

Ele se levanta abruptamente e cobre minha boca com seu beijo apaixonado que rouba meu fôlego. Minha língua desliza na dele, lutando por território, mas é impossível acompanhar Damon. Sempre foi assim. Tão rápido quanto começa o beijo, ele termina. Ele se afasta e vejo que seus olhos se tornaram de gelo, roubando o coração em meu peito. *Não.*

— Vá — ordena com tanta convicção que estremeço.

— Que p...

— Vá embora.

Não há mais resquícios de ternura e sinto meu corpo nu tremer diante dele. Pela primeira vez, sinto-me vulnerável e exposta à sua frente. Luto para puxar meu robe para cima novamente.

— Eu não sei o que...

— É simples, Josephine. Pegue suas coisas e vá embora. Vou arranjar as coisas para você. Terá o que precisa. Brian irá lhe telefonar amanhã para resolver os detalhes.

Sou pega completamente de guarda baixa. Eu estava prestes a fazer amor com o meu noivo e agora estou sendo enxotada, expulsa — abandonada, porra! Tenho certeza de que a confusão que sinto está explícita na minha cara.

— Você está... — começo, hesitante, com medo de dizer as palavras.

— Terminando tudo? Sim.

Simples assim, o Zumbi Damon frio e indiferente está de volta e eu o odeio por isso. Sacudo a cabeça fervorosamente.

— Não. Você não pode fazer isso comigo — imploro. — Por favor, não faça isso conosco. — As lágrimas rolam e escorrem pelas minhas bochechas.

— Acabei de fazer. — Ele se afasta de mim e caminha friamente pelo escritório, abandonando-me. Talvez para sempre.

Capítulo oito

Vou tentar

Eu não disse adeus para Vó e, quando saí para procurar Damon, ele já tinha partido. Tirei o anel de diamante do meu dedo e deixei-o no lado de Damon da cama. Empacotei algumas das minhas coisas, meio torpe, e dirigi de volta para a cobertura em silêncio. Eu não conseguia chorar. Não conseguia pensar. Tudo o que eu conseguia fazer era repassar as palavras dele em minha cabeça. Damon saiu de casa antes de mim e provavelmente está me esquecendo agora com uma garrafa de bebida. Talvez até mesmo com uma ou duas mulheres.

Pensamentos sobre Carrie “cor de laranja”, aquela cadela da decoração de interiores, e outras tantas mulheres plastificadas caindo umas sobre as outras para conseguir se apoderar do mais novo solteiro, Damon Cole, bombardeiam meu coração despedaçado com imagens em minha mente, com as quais estou frágil demais para me distrair no momento. Queria ter estômago para conseguir beber. Eu poderia tomar uma ou duas taças de vinho. Ou dez. Ao invés disso, inspeciono a geladeira e pego um pote de sorvete sabor cookie de chocolate para afogar as mágoas.

— Jo? Querida? — chama-me Brian.

— Estou aqui — digo com a boca cheia de sorvete.

Brian chega ao banheiro fedendo a condolências e compaixão. *Fan-porra-tástico.*

— Oh, meu bem — ele murmura, com o lábio de baixo para fora fazendo uma expressão de consternação.

— Não. Eu não... Eu... *Porra!* — É quase impossível manter as emoções longe da minha voz.

Melhor do que encará-lo, deslizo debaixo das bolhas da banheira cheia na qual estou me encharcando e deixo a água molhar meu cabelo completamente. Ressurjo e vejo Brian sentado na privada à minha frente.

— Por que você está aqui? — ele pergunta, olhando ao redor no banheiro de hóspedes.

— Porque não faz com que eu queira morrer. — Minha resposta é simples e não poderia ser mais verdadeira.

A suíte máster na cobertura é cheia de memórias que não suporto revisitar agora, principalmente com a perspectiva de que essas memórias podem ser tudo que me restou de Damon.

— Ah — ele diz, consciente, focando em suas mãos perfeitamente fechadas.

Giro o registro da torneira com os dedos do pé, olhando diretamente para a frente.

— Venha. Você não pode ficar sentada aí para sempre. — Brian me puxa para ficar de pé e me oferece duas toalhas. — Há um robe bem ali, querida. Vou te esperar na sala.

Depois de me secar e me enrolar no robe, eu me aventuro para a sala e o encontro ao telefone, de costas.

— Ela está arrasada, Chefe, mas vou ficar com ela esta noite. Ok. Pode deixar. Vejo-o pela manhã. — Brian desliga a ligação com Damon e vira, encontrando-me bisbilhotando abertamente sua conversa.

Saber que o homem por quem estou irrevogavelmente

apaixonada estava neste momento ao telefone faz com que a dor em meu peito cresça exponencialmente. Estou louca de inveja. Quero ouvir a voz dele. Quero saber o que ele está fazendo. Onde ele está. Eu simplesmente o quero.

— Desculpa, meu bem. Ele me fez prometer mandar notícias depois que eu falasse contigo.

— E ele se importa, porra?

— Claro que sim, Jo. A única razão pela qual ele te afastou foi porque, da forma bagunçada dele, ele se importa. Acha que está te protegendo — explica Brian, dando de ombros, convidando-me a sentar no sofá ao seu lado. — Acho que isso vai passar. Apenas lhe dê tempo. Eu não sei da história inteira, mas o que sei é que Damon te ama, provavelmente mais do que você imagina.

Zombo dos seus sentimentos. Não consigo me convencer de que ele me ama uma fração do quanto *o* amo. Se amasse, não mandaria que eu fizesse minhas malas tão rapidamente. Eu pedi desculpas. Apenas fiz o que achei que iria ajudar. Quero que Damon pare de viver no passado e siga em frente para o futuro que achei que nós dois quiséssemos juntos. Não pude deixar de pensar que achar sua mãe biológica o ajudaria de alguma forma a encontrar um fechamento. Agora sei que estava errada e aparentemente não conhecia o suficiente o homem que amo para fazer esse tipo de julgamento.

— Não posso ter esperanças — respondo rapidamente. — Machuca pensar que eu poderia esperar que ele se acalmasse apenas para me desapontar quando ele nunca telefonar.

— Eu sei. — Suspira Brian. — Homens, né? Vem, vamos assistir a um filme ou algo assim.

— Não estou com vontade, Bri. Acho que só vou para a cama.

— Tem certeza?

— Sim, só preciso dormir. Estou muito cansada.

— Ok... Quer que eu fique?

— Não, vá pra casa. Tenho certeza de que o verei amanhã.

— Pfft. Pode ter certeza — diz, completando com um tom dramático, e não consigo evitar de sorrir de leve para este homem que se tornou meu amigo mais íntimo. — Ligue se precisar de mim e eu venho de imediato — promete, pegando sua bolsa masculina e indo em direção à porta.

— Ok. Boa noite — murmuro.

Recuso-me a tê-lo aqui vendo-me me banhar em sofrimento, e nem eu vou ser uma dessas mulheres que força seus melhores amigos a suportar horas de lamentação por conta de um término.

— Boa noite, boneca.

Por nenhuma razão diferente do que minha aptidão por um comportamento autodestrutivo, encontro-me na biblioteca, o domínio de Damon. A cobertura havia sido deixada mobiliada, uma vez que Damon comprou mobílias novas e decorou a nova casa. As prateleiras da biblioteca ainda estão cheias do melhor da literatura para se ter em casa; os sofás e cadeiras, onde Damon transou comigo tantas vezes, estão no mesmo lugar de sempre. Caminho para o braço da cadeira imensa que guarda incontáveis lembranças de Damon reivindicando meu corpo e passo os dedos suavemente pelo tecido, lembrando de como era contra o meu corpo nu, lembrando de Damon me preenchendo. Sento na cadeira e aperto minhas coxas. Pressiono-as com força, tentando apaziguar a necessidade crescente em meu centro. Anseio por senti-lo contra mim. Anseio por senti-lo em mim. Anseio por senti-lo ao meu lado.

Um soluço de tremer os ossos me rasga quando a realidade se manifesta. Acabo de perder meu gostosão. Acabo de perder Damon para um passado que se recusa a ir embora. Ele está preso lá e eu estou presa *aqui*, sentindo-me impotente para ajudá-lo da escuridão que plana sobre ele e, consequentemente, sobre nós. Não é algo que eu possa dar um beijinho que sara, mas eu tentaria, se pudesse. Eu tentaria, se ele me desse uma chance.

Damon pega meu queixo entre seu indicador e polegar, então passa o polegar dolorosamente devagar sobre o meu lábio inferior. Meus olhos se fecham, saboreando o desejo que ele constrói dentro de mim. Algo fundo em meu coração grita por ele. Damon deve ouvir meu apelo não dito, porque seus dedos contornam a base do meu pescoço, puxando-me para reivindicar minha boca com a sua. Sua língua quente e molhada desliza sobre meus lábios apartados e mergulha fundo em minha boca, acariciando minha língua enquanto desliza contra a sua tentadoramente devagar. Seus quadris roçam nos meus, fazendo-me gemer. Eu o quero. Nunca quis tanto alguém. Nunca precisei tanto de alguém. O beijo termina quando Damon se afasta, encostando a testa na minha. Nós dois estamos ofegantes e ávidos. A protuberância rígida em sua calça pressiona meu abdômen, me provocando. Meus dedos deslizam nos passadores da sua calça e o puxo para mais perto de mim.

— Eu te amo — ele confessa, como se isso lhe doesse. Como se me amasse tanto que dói.

Sei como ele se sente.

— Eu te amo também — sussurro, meus lábios tocando a extensão de cabelos em seu peito. — Eu te amo pra cacete.

Damon respira fundo, depois toma minha boca novamente. Ele tem um cheiro tão bom. Posso cheirar o corpo dele, seu perfume e suas roupas recém-lavadas. As lágrimas surgem em meus olhos e não tenho certeza do motivo. Sei que ele está aqui comigo. Posso vê-lo, senti-lo e testar o seu gosto, mas algo dentro de mim parece partido ao meio. Algo dentro de mim me diz que esta é a última vez e acho que sou capaz de deitar e morrer.

— Não me deixe — imploro, interrompendo o beijo.

Damon não diz nada. Seus olhos luminescentes apenas recaem sobre mim.

— Damon? — pergunto, dando um passo para trás. Ele continua sem fazer nada. — Damon! — grito, esperando que ele diga que nunca vai me deixar sozinha.

Acordo assustada, e me encontro ainda de robe e sentada na cadeira da biblioteca. Lágrimas haviam escorrido dos meus olhos. Olho em volta na biblioteca parcamente iluminada, tentando me situar. Meu sonho foi tão vívido, tão real. Eu podia sentir a sua pele. Podia sentir o seu calor contra o meu corpo. Podia sentir o seu cheiro tal como se ele estivesse no cômodo comigo. A verdade me atinge como um trem de carga. Dou um salto e corro para o andar de baixo. Chego deslizando e paro na ilha da cozinha, onde vejo um bilhete:

Sinto muito. Eu nunca quis magoar você.
Espero que um dia me perdoe.

— D

Meus olhos varrem o bilhete três vezes seguidas. *Ele estava aqui.* Ele estava aqui. Eu *ainda* consigo sentir seu cheiro. Aperto o bilhete contra meu peito e me sento no chão, contra a ilha da cozinha.

Acabou de verdade.

Eu nunca estive tão desolada.

Capítulo Nove

Prédio em chamas

É impressionante as coisas que podem acontecer em duas semanas. Tenho comido um monte de bobagem. Tenho dormido. Muito. Tenho visto um filme de mulherzinha atrás do outro, muito embora eles me façam sentir pior. Outro exemplo da minha propensão à autodepreciação.

Não tenho visto muito a Vó. Falei com ela duas vezes, ambas as vezes cortadas rapidamente por causa da minha falta de estrutura estomacal. Dei uma desculpa para correr do telefone porque falar com ela machucava demais.

Hemingway é o único que não se importa com o meu chafurdar. Brian o trouxe na manhã seguinte que Damon me chutou. Hemingway está apenas feliz que eu esteja quase sempre em casa. Apareço no trabalho para as coisas que *preciso* estar lá para fazer, mas, do contrário, evito a loja. Dói só de estar ali. Dói saber que foi o lugar onde encontrei com Damon pela segunda vez. Entrar naquele lugar é equivalente a entrar em um prédio em chamas. Prendo a respiração e corro para dentro, faço o que tenho que fazer e escapo antes que as chamas me consumam.

Noni não parece se importar. Ela não diz muito sobre nada, exceto pelo ocasional "estou aqui se quiser conversar". Fora isso, ela tem feito um ótimo trabalho dando duro para fazer as coisas estarem prontas para a grande reinauguração, à qual prefiro não ir. Ela merece um aumento. Pensei que o mínimo que eu poderia fazer era dar-lhe as chaves da casa do

Capitão. Ela insistiu em pagar o aluguel, mas eu lhe disse que ela poderia ficar lá desde que pagasse os impostos e cuidasse das despesas de manutenção e conservação. Ela concordou e abandonou no dia seguinte seu antigo apartamento na parte ruim da cidade com a promessa de que daria um jeito de comprar a propriedade de mim um dia. Eu lhe disse que ela estava me fazendo um favor em se mudar para lá, mas ela ainda acha que eu estava sendo generosa demais. Ela é maluca.

Minha vida social tem consistido em fast-food com o Brian e conversar com Howard, o sujeito da segurança, quando vou levar Hemingway para passear. Encontro com Andy "faz-tudo" quase todo dia quando estamos passeando e estou começando a ver que não é por acaso. Ele tem sido amável e compreende que, neste momento, eu sou um trem de carga machucado, e seus flertes têm se mantido num grau mínimo. Graças a Deus. Ele passeia com seu labrador preto, a quem dei o nome de Chaucer. Nós nos encontramos quase no mesmo lugar todas as noites e, às vezes, tiramos a coleira de Hemingway e de Chaucer para correrem no parque para cachorros. Tem sido uma boa distração.

Não tenho notícias de Damon desde o bilhete que ele me deixou no balcão da cozinha quatorze dias atrás. Ele manda mensagens pelo Brian e pronto. Sem telefonemas. Sem mensagens de texto. Sem e-mails. Nada.

Ele me deu a loja, o Volvo, Hemingway, e o uso da cobertura por quanto tempo eu quiser. Eu disse a Brian que enfiasse o acordo de Damon na bunda dele. Não quero a porra do dinheiro. Eu quero Damon. Quero nossas vidas juntas. Ele me roubou isso, a coisa mais valiosa para mim, então, jogar dinheiro para o meu coração machucado não ajuda em nada, só me ofende. Brian diz que Damon está apenas tentando ajudar, mas não estou com nenhum tipo de humor para apreciar os esforços magnânimos dele.

Hemingway geme ao meu lado no sofá, chamando minha atenção. Abaixo meu livro e olho para o pequeno monstrinho.

— O que tá pegando, Hemingway? Precisa fazer xixi?

Seu *yip* alto é um "sim" retumbante em Schnauzeriano. Eu sei. Falo Schnauzeriano fluente agora graças ao curso de duas semanas de imersão de cortesia do meu rompimento com Damon.

Retiro meu short do pijama e visto uma calça jeans capri que se ajusta um pouco mais confortavelmente graças ao meu recente consumo de tudo que é processado e com alto teor de gordura. Não consigo evitar de revirar os olhos para a minha própria petulância. Coloco chinelos de dedo, embora esteja um pouquinho frio lá fora, com o sol fraco, e pego Hemingway para descer. Sou grata ao clima de Vegas. Meu guarda-roupa é basicamente o mesmo o ano inteiro. Se o sol estiver brilhando no céu, posso me virar com chinelos quase todos os meses, exceto janeiro.

— Ei, Howard — cumprimento-o quando passo pela mesa da segurança.

— Boa noite, Srta. Josephine.

— Será que algum dia você vai me chamar de Jo?

— Provavelmente não — diz, e o desgraçado com rosto de pedra abre um sorriso de verdade.

Estou extremamente chocada e não consigo evitar de sorrir de volta, já que isso é um marco.

— Como está a sua noite?

— Está tudo bem, acho. — O instante de coração leve de Howard passa rapidamente. Seus olhos vagueiam e, embora isso possa não ser bem recebido, ofereço-me para ouvi-lo.

— Algo errado?

— Não é nada, Srta. Josephine.

— Tem certeza? Não me incomodo de conversar um pouco. — Dou um passo na direção da mesa e me inclino sobre o balcão.

— São apenas notícias ruins que recebi hoje. Meu pai tem Parkinson e o medicamento não o está ajudando muito mais. Ele pode ser colocado em um novo grupo de medicamentos, mas é caro demais para mim e meu irmão.

— Howard, sinto muito em ouvir isso. Se seu pai for parecido com você, tenho certeza de que ele é um homem bom que não merece isso.

Howard concorda com a cabeça e me oferece um sorriso educado, sinalizando que já terminou de falar sobre o assunto. Imagino que ele deva se sentir péssimo por não conseguir ajudar o pai. Se estivesse em posição para tal, eu lhe daria o dinheiro.

— Bom, espero que as coisas melhorem. Avise-me se houver alguma coisa de que você precise. Volto mais tarde, Howard — informo, quando me afasto do balcão e saio na brisa fresquinha noturna.

Coloco Hemingway no chão e inicio nossa rotina normal, parando em todos as suas marcas favoritas de grama desértica sobrevivente. Andy e Chaucer aparecem tal como eu esperava. Caminhamos na direção um do outro com nossos respectivos cães liderando o trajeto. Hemingway fica dançando, feliz em vez seu companheiro de passeio.

— Oi, Jo — diz Andy, seu sorriso mostrando os dentes reluzentes e suas covinhas.

— Olá para você também, senhor arrumadinho. — Dou a ele um encorajamento, maravilhada com como um terno fica legal em sua silhueta forte. — Que diabos está fazendo, passeando de terno com seu cachorro?

— Ah, eu esperava que uma volta fosse te agradar primeiro, mas, já que perguntou... Eu tenho uma reserva para jantar. A pessoa com quem eu ia me encontrar me deixou na mão, então meio que esperava que... — Seus olhos azuis me inspecionam com cautela.

— Oh, hum, não sei, Andy... — respondo rapidamente. — Não estou vestida de acordo nem estou no clima para comer comida de verdade. Eu...

— Ah, vai, somos apenas amigos se aproveitando de uma boa comida em um lugar legal que tem uma lista de espera absurda. Vamos. Por favor? — Ele balança as mãos como sinos à sua frente e finge implorar, até mesmo fazendo beicinho.

Inclino a cabeça para o lado, pensando em quanto esforço seria necessário para que eu me fizesse apresentável e fingisse não estar travando uma batalha com um coração despedaçado.

— Ah, que diabos — cedo, jogando uma mão no ar. Quão ruim poderia ser? Tenho que voltar a viver em algum momento. Nada melhor que o presente. — Apenas um jantar amigável e *platônico* — digo, séria, e Andy meneia sua cabeça enquanto falo.

— Pode deixar. — Ele dá outro sorriso derretedor de calcinhas do Andy "faz-tudo" e eu reviro os olhos. — Passo para buscá-la às sete. O jantar é às sete e meia.

— Parece ótimo. Apenas peça ao Howard, o cara da segurança, para me interfonar e eu te encontro lá embaixo no lobby.

— Ok, te vejo às sete, Jo.

— Até mais tarde.

Lavei e sequei meu cabelo em tempo recorde. Não me preocupei em raspar as pernas, óbvio. Escolher algo para vestir não tem sido fácil. Dois modelitos pareciam sexy demais para serem usados em um jantar com um amigo. Outro estava apertado demais, mas este é perfeito.

Dou uma olhada em meu reflexo no espelho de corpo inteiro e faço um joinha para mim mesma. O vestido cinza com bainha parece ótimo. Não é sexy demais nem apertado demais e também não é pijama — uma vitória para mim. Com sandálias peep toe nude de couro legítimo que *não são* Jimmy Choo, o look é ideal.

Apresso-me em passar um delineador, revisto meus cílios com uma camada de rímel, passo um pouco de sombra, de blush e perfume, e saio de casa. No elevador, jogo os cachos por sobre meus ombros, a caminho do lobby, sentindo-me um bocadinho humana novamente.

O elevador sinaliza e para, e as portas se abrem. Saio e vejo Andy conversando com Howard na mesa da segurança. Howard me olha como se eu fosse um inimigo público número um. Ignoro sua desaprovação evidente. Ele claramente tem sido leal a Damon, mas isso é simplesmente desnecessário. Não fui eu que terminei nosso relacionamento e, além disso, vou jantar com um *amigo*. Ele não é diferente de Brian. Bom, tirando toda a parte gay e a notável diferença na aparência física, acho.

— Aí está ela. Prazer em conhecê-lo, cara. — Andy estende a mão para apertar a de Howard e saímos do lobby.

Andy sinaliza para mim para que pegue seu cotovelo.

Olho para ele, hesitante.

— Hum, devemos pegar meu carro ou o seu? — O desconforto sai alto e claro em minha voz.

— Nenhum dos dois. O restaurante é perto daqui. — Ele aponta para o fim do quarteirão.

— Ah. Tá bom.

— Vamos. — Ele me apressa para pegar seu braço e fico parada que nem uma idiota, incerta sobre como agir. Minha experiência com encontros platônicos com homens extremamente atraentes e *héteros* é... nenhuma. — Não significa nada, Jo. Prometo.

Suspiro longamente e passo meu braço pelo dele para caminharmos.

O nome do lugar é Ga Tan. O restaurante é legal. Bem legal. Já o tinha visto, mas nunca havia entrado. É uma fusão sofisticada de França com Vietnã, com peças centrais florais, toalhas de linho, copos de cristal e garçons que conhecem seus produtos.

Somos acomodados tão logo chegamos e dou uma olhada no cardápio limitado que sequer tem o preço escrito. É neste momento que você sabe que está num lugar caro. Sem preço igual a caro.

— O que você quer beber? — pergunta Andy, olhando para mim por sobre o cardápio.

— Hum, vou ficar só com a água por enquanto. — Eu realmente adoraria tomar um drinque, mas provavelmente não deveria. Um cérebro empapado de álcool é a última coisa que preciso. Isso apenas resultaria em sexo de uma noite só.

Um garçom de gravata-borboleta dourada aparece e Andy rapidamente sinaliza para ele.

— Vou querer um uísque com gelo e minha acompanhante vai querer apenas água, obrigado.

O garçom meneia a cabeça e se afasta para trazer nossas bebidas.

— Ela deveria ser uma grande conquista, já que você fez uma reserva neste lugar — digo, inclinando-me para a frente, sussurrando discretamente na atmosfera intimista.

Andy sorri com os lábios apertados e balança a cabeça.

— O que foi? — pergunto, e minha voz não está mais baixa.

— Eu fiz essa reserva para você. — Ele se encolhe, claramente aguardando minha reação.

Ele tem razão em se encolher, porque meu primeiro instinto é fazer com que ele vá embora, mas como eu poderia sequer ficar brava com esse sujeito? Não é nenhum segredo que ele tem uma queda por mim. Ele deixou claro, desde que nos conhecemos, na antiga casa de repouso, que está interessado, e flerta incessantemente, logo, não é como se eu ficasse completamente surpresa por ele ir tão longe para me enganar para ir a um encontro com ele.

Fico apenas encarando-o, enquanto jogo essa informação em minha cabeça atrapalhada.

— Por favor, não fique brava. Pode me culpar por querer uma chance contigo? — pergunta, parecendo descaradamente patético. Não patético no mau sentido, mas, sim, um patético no sentido de filhotinho triste.

— Não estou brava, Andy — admito. — Eu só... Não sei o

que estou sentindo — resmungo.

— Olha, sem pressão. Vamos apenas jantar e deixar as coisas como estão. Não estou tentando apressá-la, Jo.

— Ok.

É a única coisa que consigo dizer agora. O que eu deveria falar? *Andy, embora eu esteja lisonjeada por ter ido tão longe para me enganar para jantar contigo, e definitivamente você vale a porra da pena, você nunca será suficiente porque eu ainda estou irremediavelmente apaixonada por um homem que não me quer.* Esta resposta definitivamente não está na minha lista de coisas para dizer. Nunca.

Pedir a comida é um jogo de roleta russa no qual por acaso me dou bem. Não sei que diabos vou pedir porque o cardápio está em alguma língua estranha de francês-vietnamita misturado (nenhuma das quais eu leio ou falo), então, escolho aleatoriamente. Acaba que escolho divinamente e, uma vez que esta é a primeira comida de verdade que tenho em duas semanas, saboreio cada bocado.

— Deus, isso foi bom. — Sento-me ereta em uma tentativa de dar conforto à minha barriga cheia.

O olhar de Andy recai sobre os meus seios. Seus olhos voltam para mim e algo não dito fica no ar. Ele quer mais. Quer tudo de mim. Qualquer outra mulher de sangue quente aceitaria sua oferta não verbalizada. Ele é alto e bonito. Tem os músculos definidos. Um sorriso maravilhoso e lindos olhos azuis. Ele tem emprego. Tem até mesmo um labrador retriever, pelo amor de Deus!

Espero um momento para ver se a parte puramente feminina minha está inclinada para ser recíproca à oferta silenciosa dele, mas nada acontece. Aparentemente, até mesmo minha parte puramente feminina ainda está presa a Damon.

— Vou ao banheiro — digo repentinamente ansiosa. — Já volto. Saio da mesa antes que ele possa responder. Posso senti-lo observando-me quando quase corro para o banheiro feminino.

Fecho a porta do cubículo e tranco. Não preciso fazer xixi, mas definitivamente preciso de uma pausa. Com a palma da mão pressionada contra a parte de trás da porta, fecho os olhos e trabalho em acalmar meus nervos. Isso é bobagem. Não posso agir assim toda vez que um homem que *não é* Damon Cole dá em cima de mim. Se é isso que está disponível para mim para o resto da vida, então voto em nunca mais sair em encontros. Isto é sofrimento personificado e estou quase cheia desse sentimento em particular.

Após uma breve recuperação, ajeito o vestido e abro o trinco da porta do banheiro. Saio do meu pesadelo atual e entro em outro.

Carrie "cor de laranja" está parada na frente do espelho, passando um tom horroroso de batom rosa.

Aproximo-me da pia e começo a lavar as mãos. A "cor de laranja" capta meu olhar no espelho e quase cai. É uma boa reação, que me faz ajustar internamente minha pontuação pessoal.

— Carrie — cumprimento brevemente.

Ela faz um bom trabalho em se recuperar, pois se vira para me encarar com um sorrisinho em seu rosto botocado.

— Fiquei sabendo das suas notícias ruins — ela diz, fingindo compaixão.

— Tenho certeza de que ficou. Todo mundo soube. — Dou

de ombros, fingindo não estar morrendo de coração partido.

— É, o Damon me contou tudo — ela acrescenta, e é como um soco no meu estômago.

Cadela! Pego uma das tolhas de mão que estão tão bem empilhadas em padrões e uma imagem entra na minha cabeça, de mim enrolando esta toalha ao redor do pescoço magricela dela, torcendo-a como um prendedor de pão até que sua cabeça idiota caia como um desses robôs de brinquedo. É uma comparação inapropriada quando você pensa no plástico e/ou nos ingredientes radioativos. Ela tem mais ou menos a mesma quantidade de material orgânico que um robô. Ambos são completamente manufaturados. Seios falsos, bronzeamento falso, cabelo falso, unhas falsas, joias falsas, roupas de estilistas falsas, dentes falsos — o nome dela provavelmente também é falso!

A imagem mental é uma ótima forma de distração, porque um sorriso vagaroso se abre em meu rosto, expondo meus próprios dentes perolados.

— Bom te ver, Carrie. Vamos fazer isso de novo no futuro, só que não? — respondo, jogando a toalha em sua direção e passando por ela.

Seu rosto se contorce em uma tentativa de demonstrar desprazer e me permito um segundo para curtir isso.

Capítulo Dez

Uma maravilha

Estou voltando para a mesa quando sinto olhos em mim; não pode ser Andy porque ele ainda não está sequer no meu campo de visão. Paro quando me dou conta de que a única outra pessoa que me fez *sentir* seu olhar é um certo cara alto, moreno e bonito, com uma predisposição para partir corações.

Viro-me e prendo o olhar nele, em toda a sua glória fodida. Instantaneamente, um nó se forma em minha garganta, e, mesmo que meu cérebro esteja gritando para eu correr, não consigo. Estou talvez a um metro e meio da mesa dele e presa ao seu olhar de mel derretido.

— Oi. — É a única coisa que sai.

— Josephine — ele diz, mais breve do que nunca. Não há um traço de sentimento em seus olhos e isso é como uma faca no meu coração.

Rompo nosso concurso de quem pisca primeiro, olhando para o homem com quem ele está sentado.

— Oi, eu sou a Jo. — *E estou em um prolongado torpor sem conseguir pensar direito.*

O homem careca estende a mão para mim e eu a aceito.

— Mike — ele diz calorosamente. — Prazer em conhecê-la.

A descrição de Brian para Mike Passarelli vem à minha

mente e faço a ligação. *Bruce Willis. Duro de Matar.* Devo admitir que Brian acertou em cheio. A descrição, não o homem. Este é o espião particular de Damon, como Brian mencionou. Olho para baixo, para a mesa deles, e vejo algo que fecha a tampa do caixão.

Lá está, como um dedo médio grande e gordo, uma taça de vinho com uma marca de batom de um tom horroroso de rosa. *Carrie.*

Eu poderia matá-lo no lugar em que ele está. Poderia enforcá-lo com minhas próprias mãos. Como ele ousa? Carrie? De todas as mulheres atraentes que se fazem de burra nesta cidade, ele tem que escolhê-la para se recuperar? Meus olhos se demoram por um momento na taça idiota enquanto eu solto fumaça. Olho de volta para Damon e me esforço para não parecer abalada, mas é inútil. A cética dentro de mim ganhou esta. Ganhou o jogo, o set, a partida. Inclino-me para a frente, aproximando-me perigosamente. Meus lábios estão a um fio de cabelo de distância da orelha dele e eu solto:

— Vá. Se. Foder — sussurro, como se fosse uma oferta, não um xingamento, mas Damon sabe do que estou falando. Dou entonação nas sílabas com puro veneno concentrado durante semanas de noites sozinha e dias desolados. Espero que isso o machuque profundamente, mas provavelmente não o fará.

Endireito-me, viro e volto direto para Andy, com o olhar penetrante de Damon queimando às minhas costas até eu estar fora do seu campo de visão.

— Vamos — ordeno como um criminoso em fuga.

— O quê? — Os olhos azuis de Andy estão confusos. Pobre homem.

— Quero sair daqui. Agora. — Pego minha bolsa da parte

de trás da cadeira e a coloco no ombro. É melhor ele se mexer ou o deixarei aqui. Não posso ficar neste lugar. Só de respirar o mesmo ar que Damon agora já me aborrece.

— Hum... certo. Está tudo bem? — pergunta, nervoso, jogando dinheiro na mesa.

— Sim. Uma maravilha. Damon está aqui. — Ando na frente dele para fora do Ga Tan, direto para o ar noturno. Respiro fundo, permitindo que o ar preencha meus pulmões do início ao fim.

Andy para ao meu lado, obedientemente, e me dá um momento para digerir meu intercâmbio desagradável com Carrie e Damon. Só de pensar nos dedos sujos dela em Damon me faz querer arremessar e quebrar algo, arrancar seus olhos e chutar o saco dele, para depois ingerir uma vasta quantidade de comida de conforto como se fosse um bálsamo receitado para aliviar minhas feridas.

Caminhamos de braços dados em silêncio, de volta para a cobertura. Ele não pede detalhes e eu não os ofereço.

Andy segura firmemente meu braço, fazendo-me parar na calçada um pouco antes de chegarmos à cobertura.

— Ei. O que foi? — sonda.

Minha cabeça pende. Minha resposta é simples e sincera.

— Damon e uma vadia bronzeada, que tem um jeito de me irritar como nenhuma outra pessoa.

A mão de Andy sobe para o meu queixo, levantando minha cabeça para olhar para ele. As lágrimas não me ameaçam. Estou cansada demais para chorar. Já superei a parte do choro e estou bem no meio da consternação generalizada.

— Você é uma mulher incrivelmente linda, inteligente e

motivada que poderia escolher qualquer homem nesta cidade. Não deixe que um homem arruíne todos os outros para você.

— Obrigada, Andy — solto.

Ele tem razão. Sei que tem razão, mas é muito mais fácil falar do que fazer quando o homem em questão é por acaso o amor da sua vida.

Sua atenção se volta para os meus lábios e depois para os meus olhos, pedindo permissão. Não há nenhuma razão pela qual eu não possa ou não deva beijá-lo. Ele é gentil, atraente e gosta de mim. Foi um cavalheiro a noite inteira. Se Damon já pode recomeçar, então eu também posso! *Só um beijo. Nada de sexo. Nada de relacionamento. Só um beijo.* Repito isso para mim mesma diversas vezes, como se fosse meu novo mantra. *Só um beijo.*

A boca de Andy pousa na minha; ele me beija devagar e persuasivamente. Eu retribuo o beijo sensual, na expectativa de que atice algo em mim. Parte de mim espera que beijar outro homem vá arrancar de mim um pouco da necessidade por Damon. Os dedos de Andy se emaranham no meu cabelo, puxando-me para mais perto, intensificando o beijo. Suas mãos quentes me mantêm imóvel enquanto ele rouba meu ar. Rouba cada vez mais o meu ar. Geme em apreciação, e então enfia a língua através da junção dos meus lábios, abrindo espaço para a minha boca.

Embora beije bem, ele não é Damon. A imagem de um Damon furioso bombardeia meus pensamentos e me afasto de Andy. É tão ridículo, mas quase sinto como se estivesse traindo Damon — como se estivesse trapaceando; como se estivesse dando algo que não me pertence, que pertence a ele.

— Desculpe. Eu só... Eu não posso — murmuro, enxugando os lábios com as costas da mão.

Andy estreita os olhos e suspira com um desapontamento aparente, e não posso culpá-lo por isso. Também estou desapontada. Eu gostaria que Damon não dominasse cada parte de mim, mas ele domina. Ao menos por enquanto.

— Vou subir e ir para a cama. Obrigada pelo jantar — digo, cordialmente, mexendo inquietamente os dedos à minha frente, sem saber o que mais fazer.

— Obrigado por não ir embora quando descobriu que a enganei para aceitar o convite. — Andy sorri gentilmente, ajeitando uma mecha de cabelo para atrás da minha orelha. — Quer que eu a leve lá para cima? — Ele sinaliza com o queixo na direção da cobertura atrás de mim.

— Não. Estou bem. Te vejo amanhã?

Andy faz que sim.

— Você sabe onde me encontrar. — Ele vira seus ombros largos e se afasta, deixando-me sozinha.

Fico parada na calçada sentindo-me desabrigada novamente, destituída física e emocionalmente. Minha casa não é minha casa de verdade, é do Damon. E meu coração não é meu coração de fato. É propriedade de Damon Cole também.

CAPÍTULO ONZE

Despedaçada novamente

Passo pela mesa vazia da segurança e pego o elevador. No momento em que passo pela porta, tiro os saltos. Um depois do outro, eles são deixados pelo chão. Largo a bolsa de alça no corrimão da escada. O cinto fino é o próximo. Desafivelo-o e o puxo dos passadores. Ele cai nas escadas. Quando alcanço o topo dos degraus, passo o braço e abro o zíper do meu vestido, deixando-o escorregar para o chão. Descartei tudo aleatoriamente, precisando desesperadamente afundar em um banho quente. Posso arrumar minha bagunça mais tarde, porém, agora, drenar meu encontro com Damon se torna prioridade.

É boa a sensação da água em meu rosto. Limpo a maquiagem e examino meu reflexo no espelho do banheiro de hóspedes. Pareço patética. Meus olhos estão cansados. Meus ombros relaxam involuntariamente. Meus músculos haviam suavizado com a falta de uso. Sou a garota do pôster da depressão.

Um barulho alto de algo quebrando no andar de baixo me faz paralisar e ouvir atentamente o criminoso. É impossível invadir este lugar; é tão seguro quanto possível. Tento me lembrar se acionei o alarme quando passei pela porta. *Merda!*

Apresso-me para o closet, à procura de algo, qualquer coisa, para me armar antes de descer. Mesmo se houvesse uma arma neste closet, duvido que conseguisse achá-la debaixo das roupas, sapatos e das tralhas aleatórias que estão enfiadas lá. Ultimamente, as tarefas domésticas têm estado no fim da minha lista de prioridades.

Sequer estou com meu celular, uma vez que ele está no fim da escada, em minha bolsa. Analiso minhas opções por um momento, parada no closet, vestindo apenas sutiã e calcinha.

Sei que minha melhor chance é pegar meu celular e ligar para a segurança. Se eu ligar para quem quer que esteja em serviço hoje, eles podem vir checar as coisas para mim ou ligar para a polícia, o que vier primeiro.

Espio do meu esconderijo para ter certeza de que a área está livre, e então vou na ponta dos pés até a porta do quarto de hóspedes. Perscruto pelo corredor escuro, procurando pelo primeiro sinal de problema. Não vejo nada, então, sigo na ponta dos pés até o final do corredor até o topo da escada.

— Puta merda! — Quase morro quando vejo Damon subindo pelas escadas segurando meus sapatos, minha bolsa e meu cinto. — Que diabos você está fazendo? — berro. — Você me assustou pra cacete! — O sangue corre para minha cabeça, meus ouvidos zunem e minhas bochechas coram graças à grande quantidade de adrenalina em minhas veias.

— Onde ele está? — Damon rosna, olhando por cima de mim.

Minhas sobrancelhas franzem.

— Quem?

— Ele está aqui, Josephine? Vou matá-lo! — ele murmura, e passa por mim.

— Ei! Aonde pensa que vai? — Apresso-me atrás de Damon.

— Andy. Onde ele está? — ele range, seu maxilar trinca e um músculo salta em sua bochecha. Ele é uma bomba-relógio de testosterona ambulante.

— Está brincando, né? — Não consigo esconder a descrença em minha voz. — Onde está Carrie? — devolvo, irrompendo para parar à sua frente.

— Não brinque comigo, Josephine.

— Não estou brincando contigo. Estou falando muito sério. O que lhe dá o direito de invadir aqui, me assustando pra cacete, devo acrescentar, só para ditar *com quem estou saindo*? — Enfatizo a última parte para dar mais efeito. Não estou de nenhuma forma, maneira ou jeito *saindo* com Andy. Ele é um amigo e não planejo levar as coisas para além disso.

— Isso aqui é propriedade minha — Damon responde, observando meu corpo parcamente vestido.

A forma como ele declarou que isso é sua propriedade me faz pensar se ele está falando de mim, da cobertura ou das duas coisas.

Uma veia grossa fica saliente e palpita em seu pescoço, demonstrando o quanto ele está puto da vida. Algo sobre um Damon bravo ativa o meu interior. Sempre foi assim. *Pare!*, repreendo-me. Virando-me, faço uma parada no quarto de hóspedes, desesperada por espaço e por roupas.

Os passos de Damon combinam com os meus quando ele anda perto, atrás de mim. Ele é terrivelmente impossível.

— Privacidade? Já ouviu falar? — grito por sobre o ombro.

— Já vi seu corpo mil vezes, Josephine. Não seja criança.

— Criança? Criança? Quem é a criança andando por aí agindo como se o mundo inteiro lhe pertencesse, e as pessoas devessem apenas tomar cuidado, ou, do contrário, serão esmagadas debaixo da porra dos seus Oxfords brilhantes?!

Os olhos de Damon se abrem, aparentemente chocados com minha ofensa.

— Apenas vá embora, por favor. — Busco algo que pareça um pijama. Um robe. Uma toalha. Até mesmo uma echarpe seria melhor do que ficar parada aqui, de calcinha e sutiã.

— Você está trepando com ele?

Fico embasbacada com sua audácia.

— Não é da sua conta, Damon — declaro, incrédula sobre quão cabeça-dura e persistente ele pode ser. Pego meu robe do chão, visto-o e viro para encará-lo.

— Pode ter certeza de que é da minha maldita conta, sim! — ele ruge.

— Não. Não é — respondo calmamente. — Essa é a parte engraçada de despedaçar o coração de uma pessoa e se afastar dela. Significa que não tem mais autoridade para palpitar no que a pessoa faz. — Falo com ele como se fosse uma criança, apontando de mim para ele.

— Jo — ele solta, enfiando as grandes mãos em seus cabelos escuros.

— Ele é só um amigo, Damon, e com toda a porra da certeza ele não está aqui — admito debilmente.

Parte de mim quer que ele se afogue nessa confusão, imaginando se estou saindo com Andy, mas a parte que ainda está tão completamente apaixonada por ele detesta vê-lo chateado. Irracional ou não, em meu coração, ele ainda é meu e eu ainda sou dele.

— Jo, eu... — Damon visivelmente luta com o que quer

que ele queira dizer.

Meu coração salta, esperando que, de repente, ele tenha mudado de ideia, que talvez tenha se dado conta de que tudo que fiz foi porque o amo muito. Observo-o atentamente enquanto seus olhos atormentados trabalham no que ele quer dizer.

Nada.

E, com isso, meu coração se parte novamente.

— Você não pode fazer isso comigo — sussurro, com o queixo tremendo. — Não pode tornar isso pior. Um término tranquilo é a única forma de eu sobreviver. É a única forma de eu sobreviver a te perder. — Não me esforço em esconder as lágrimas que vieram aos meus olhos cansados.

Os olhos de Damon se fecham. Ele enfia as mãos grandes nos bolsos do seu jeito costumeiro e se vira para ir embora. Simples assim, fico devastada novamente. Eu o perdi pela segunda vez em duas semanas.

Capítulo Doze

A cor da meleca

Cambaleio feito zumbi para a loja depois de passar a noite virando de um lado para o outro. O pouco que dormi foi dominado por sonhos com Damon e a vida que não vamos compartilhar juntos. Vir para a loja esta manhã é, de fato, bem melhor do que ficar deitada na cama sentindo-me deprimida.

Brian chega pulando na loja (literalmente) cerca de uma hora depois que eu, com uma disposição irritante que tenho certeza de que é graças a uma noite repleta de explorações sexuais.

— Bom dia, boneca — ele cantarola, soando como se as peças *Cats* e *Will & Grace*, da Broadway, se encontrassem.

Zombo dele, principalmente porque estou com inveja. É quase exasperante ver pessoas felizes neste momento. Cá estou eu, abrindo caixa atrás de caixa de mercadorias, com vontade de morrer, e Brian está agindo como se fosse do elenco de *Mary Poppins*.

— O que há de tão *bom* esta manhã? — lamento.

Brian para como se alguém o tivesse colocado num varal.

— Eca. Cor de meleca não é a sua cor, Jo. Está de TPM?

Sinto-me culpada quase que instantaneamente. Ele não merece minha postura de merda.

— Desculpe, Bri. Só estou cansada — minto.

— Ahh, tudo bem. Eu te perdoo. — Ele sorri e me dá uma piscadinha.

— O que você está fazendo aqui?

— Certo, bom, não mate o mensageiro, mas Damon me mandou aqui.

— Para quê?

Brian sinaliza na direção do escritório e eu lidero o caminho. Uma vez lá dentro, ele se agacha para fazer carinho em Hemingway, que está deitado debaixo da minha mesa, como sempre. Brian bagunça o pelo da cabeça de Hemingway, depois estende a mão para mim.

— Você tem alguma coisa contra germes?

— Ele é um cachorro, Brian. Não um cadáver.

— Mesma coisa. Os dois têm germes. — Ele dá de ombros zombeteiramente.

— Alguém já te disse alguma vez o quanto você é ridículo?

— Claro — ele responde com um sorriso brilhante. Tem orgulho e confiança em si mesmo. Eu o invejo. — Entretanto — ele começa, inspecionando sua bolsa masculina e puxando seu tablet, que começo a pensar que é um apêndice extra dele —, Damon tem algumas coisas que quer discutir com você.

— Tá bem — gemo, afundando novamente na velha cadeira do Capitão.

— Ok, Damon decidiu transferir dinheiro para sua conta bancária, na quantia de quinhentos mil. Assinou a escritura da cobertura para você. Quer pagar suas consultas com o dr. Versan pelo tempo que você desejar se consultar. — Brian desliza o dedo pela tela, movendo para a próxima página de anotações, eu presumo.

Estou de olhos arregalados e estupefata com o que ele acabou de dizer. As palavras me fogem. Ele me deu o quê?

— Também te nomeou beneficiária dele no caso de sua morte.

A simples ideia de Damon morrer faz meu estômago ameaçar voltar a me familiarizar com o burrito que comi no café da manhã.

— Pare. Apenas pare — peço.

Brian levanta as sobrancelhas para mim.

— Você está bem, querida? Quer que eu pegue uma lixeira para você?

Faço que não com a cabeça.

— Vá dizer a ele que não quero tudo isso — digo calmamente. — Não posso. Não quero o dinheiro dele. Eu quero ele. Nunca o dinheiro dele — reitero.

— Meu bem, eu sei disso. Mas ele só está fazendo o que acha que é a coisa certa. Você sabe que ele é um homem das cavernas. — Brian balança a cabeça e não posso evitar de pensar que ele sabe exatamente como me sinto agora.

Sinto-me como uma transação de negócios. Como um bem que foi liquidado por causa de problemas com a demanda, não com o fornecimento.

— Ele já transferiu o dinheiro, Jo.

Não consigo nem falar. Inclino-me para a frente e permito que minha cabeça caia sobre a mesa. Talvez a maior razão pela qual eu não queira nada disso é porque grita “acabou!”.

— Soa tão definitivo — queixo-me.

— Querida — Brian murmura, correndo em minha

direção. Ele afaga minhas costas e deita a cabeça em meu ombro. — Você vai ficar bem. Tem a mim. Tem Noni. Ainda tem a Vó. Tem o Andy, que parece ser um cara legal. E gostoso também! — Ele me cutuca na lateral com um dedo, fazendo com que eu me contorça. — Tenho uma reunião em vinte minutos. Você está bem? — pergunta, colocando seu tablet de volta na bolsa.

— Sim, sim. Vou ficar bem. Tenho toneladas de coisas para fazer, então isso vai me manter ocupada — digo, olhando ao redor para as pilhas de papéis que precisam ser ordenados. — Ei, a Lindsay ainda está procurando emprego? — pergunto de repente.

— Aham, sem sorte até agora.

— Você acha que ela iria querer trabalhar aqui? Eu não me incomodaria em ter outra pessoa para ajudar com os pedidos, com o estoque e o inventário, e, eventualmente, a loja será aberta, e não posso ficar no caixa o tempo todo, então, vou precisar de alguém para isso também.

— Oh, isso seria maravilhoso, Jo. — Brian sorri animadamente. — Você a contrataria?

— Sim. Quero dizer, não é o melhor salário do mundo, mas é alguma coisa — respondo, encolhendo os ombros.

— Eu já disse o quanto te amo? — ele fala efusivamente, puxando-me para um abraço. — Você é uma querida. Vou mandá-la vir pela manhã, está bem?

— Tudo bem por mim.

— E daqui a pouco te envio por e-mail esta informação. Anime-se. Eu falei sério quando disse que cor de meleca não era a sua cor. — Ele dá um beijo em minha bochecha. — *Ciao!* — Ele acena, se encaminhando para sair do escritório.

Ciao?

— Quê? Você é italiano agora?

— Não, mas planejo me servir de um mais tarde.

— Oh, Deus — gemo, e deito a cabeça cansada de volta na mesa.

Estou começando a me sentir bastante culpada com relação à minha postura seca com Brian. Devo tanto a ele! Preciso treinar mais meus freios. Só que é tão difícil evitar que a infecção do coração partido se espalhe por mim! Eu fico rabugenta, cansada e mais do que triste. Poderia ser TPM, mas, se eu tivesse que fazer uma escala, diria que é 90% efeito colateral do rompimento e 10% da TPM.

TPM? Levanto a cabeça da mesa e franzo as sobrancelhas, pensando bastante. Minha menstruação. Procuro o calendário enterrado debaixo de uma quantidade grande de papelada em minha mesa. Acho-o e dou uma olhada, contando os dias. Volto um mês e depois outro. *Ah, porra, não.*

Pego Hemingway de sua cama e pulo da cadeira como se minha bunda estivesse pegando fogo. Saio do escritório e vejo Noni na caixa registradora, ensinando-se cada uma das funções. Ela fez isso ontem também. Tenho a leve impressão de que *ela* deveria *me* treinar na máquina registradora.

— Preciso sair. Volto daqui a pouquinho — falo, apressando-me em direção à porta.

Capítulo Treze

Emergência

Meu banheiro está no mesmo estado que meu escritório, e achar meu pacote de pílulas contraceptivas acaba sendo uma tarefa hercúlea. Preciso contar as pílulas e os dias e tentar lembrar o dia da minha última menstruação. É um esforço monumental da minha parte. Minhas mãos estão tremendo. Meu coração, acelerado. Minha mente, girando. Preciso de ajuda.

Meu estômago enjoado trabalha em hipervelocidade enquanto me dou conta de que há uma chance bastante real de que eu esteja... *grávida. Puta merda, cacete!* O instinto me faz procurar por meu celular. Deslizo a tela para desbloqueá-la e percorro meus contatos com as mãos trêmulas.

Não tenho muitos contatos, logo, percorrer a lista é rápido. Vou até o final e subo de novo. "Damon", murmuro. Não quero nada além de telefonar para ele e insistir para que venha à cobertura, mas não o faço. Meu orgulho e minha dignidade ainda estão parcialmente intactos e são tudo o que tenho para me ajudar no momento. Isso e um homem gay usando jeans skinny. Vou rapidamente para o número de Brian e aperto-o, aguardando impacientemente que ele atenda.

— Ei, ei, linda! — ele canta ao telefone.

— Traga o seu traseiro animado aqui. De imediato. Emergência. Faça-me um favor e passe numa farmácia. Compre todas as marcas de teste de gravidez que estiverem à venda.

Use o dinheiro de Damon e mantenha seu bico calado.

— Pera... o quê? Você está de brincadeira? — diz, soando chocado.

— Nem um pouquinho, Brianna.

— Jo, eu não posso. Estou com o chefe neste momento. Reunião. O que eu poderia dizer? — ele pergunta, com a voz abafada, e todo o seu humor foi embora.

— Diga que é a droga de uma emergência familiar! — choramingo, como uma criança petulante.

— Tá, fica quietinha. Chego aí em vinte minutos.

Desligamos e eu me sento atordoada na cama de hóspedes pelo que parece ser uma eternidade. Isso não pode estar acontecendo agora. Não estou grávida. Não é possível. Estou tomando pílula. Eu a tomo todos os dias na mesma hora, sem falhar.

Começo a analisar as duas últimas cartelas de pílula e minha responsabilidade sobre tomar as pequenas bestinhas mágicas. Uma cartela estava no fundo da bolsa que usei antes de trocar pela que estou usando agora e a outra cartela de pílulas mágicas estava na gaveta do meu criado-mudo debaixo da minha cópia gasta de *O apanhador no campo de centeio*. Se os locais onde encontrei as duas forem um indicador, tenho certeza de que eu poderia ter dado um jeito de ser um pouco mais diligente em tomar na hora certa todos os dias. Posso ter atrasado uma ou outra, mas nunca deixei passar um dia inteiro. Horas, sim, mas um dia completo? Não. Eu poderia me estapear agora mesmo. Não sou idiota. Tenho brincado com fogo no que diz respeito à contracepção e sequer me dei conta disso. Tenho andado terrivelmente envolvida com Damon, a loja, a casa nova e os planos de casamento, que não significam porra nenhuma agora. Seguro minha cabeça com as mãos e dou o meu melhor para acalmar minha mente, que está girando, e meu estômago, reticente.

— Jo, querida, onde você está? — Ouço Brian chamar de algum lugar da cobertura.

— Aqui — grito, do alto da cama de visitas.

Um minuto depois, ouço-o apressar-se pelo corredor em minha direção. Ele abre a porta completamente, carregando duas bolsas plásticas da farmácia do final da rua.

— Ok, não entre em pânico! Estou aqui! Vai ficar tudo bem. Se estiver grávida, você está grávida. Tá tudo bem. Mulheres embucham todos os dias. Quem se importa se você e o gostosão não vão se casar e agora você terá que ser uma mãe solteira...

— Brian! — grito, deslizando para fora da cama. — Controle-se. Eu *posso* não estar grávida. Pode ser apenas um susto. Como você disse: TPM. — Ergo a mão no ar, na expectativa.

Ele coloca a alça das duas sacolas em meu pulso e começa a vasculhar sua bolsa masculina. Coloco as sacolinhas na cama e começo a rasgar as caixas dos testes. Não tenho nem certeza de como fazer essas coisas. Nunca atrasei antes.

— Isso é como um conjunto caseiro de química — lamento, olhando para as listras dos testes, os conta-gotas, os copinhos de plástico e os panfletos de instruções.

— Toma — diz Brian, segurando as instruções para o teste em minha mão. Ele abre o papel e lê em voz alta. — Certo, aqui diz que há duas formas de fazer o teste adequadamente.

— Ele passa os olhos pelo monte de instruções, murmurando enquanto faz isso, e sinto minha temperatura subir com a bile em minha garganta. — Tudo bem, você pode fazer xixi nisso aqui — ele arranca da minha mão o pauzinho do teste e faz uma demonstração crua que o inclui abrir as pernas e se agachar —, ou você pode mergulhá-lo. — Ele coloca o papel para baixo, pega o copinho de plástico e demonstra isso também.

— Oh, meu Deus, Brian. O que você é, o comissário de bordo no Voo Teste de Gravidez 101 a caminho do desastre?

— O quê? — Ele dá de ombros, indiferente. — Achei que uma demonstração visual poderia ser útil.

— Me dá isso. — Roubo o pauzinho do teste e vou para o banheiro.

— Faz xixi nele, depois vem aqui por três minutos! — grita ele às minhas costas. — E não se esqueça de lavar as mãos!

Fico um momento examinando-me no espelho, esperando que isso seja apenas um sonho ou pelo menos um alarme falso. O estresse pode afetar a menstruação, né? Pode muito bem ser porque me estressei com essa confusão. Respirando profundamente, abro o pauzinho íntimo de plástico, que não é exatamente íntimo. Juro por Deus que essa coisa está rindo de mim.

Faço o teste, recoloco a tampa e lavo as mãos. Saio do banheiro para matar os três minutos de espera e encontro Brian com a orelha grudada em seu celular, suas mãos em seu tablet.

— ... não, ela apenas... não há nada ameaçando sua vida. B-bom, ela não está sangrando nem nada do tipo, na verdade, isso é meio que um problema... — ele deixa escapulir.

— Aham! — Com as mãos nos quadris, olho com

desconfiança para meu amigo do outro lado do quarto.

— Preciso desligar, Chefe. — Ele desliga rapidamente. De qualquer forma, acho que Damon nem teve oportunidade de responder.

— Por que diabos você está falando com ele?

— Jo, ele ameaçou me queimar se eu não explicasse essa *emergência* — ele zomba, fazendo aspas no ar.

— Você não contou nada a ele, né? — pergunto com a cabeça levemente inclinada para o lado.

— Não, apenas meio que desliguei na cara dele. — Brian estremece, sabendo muito bem que Damon vai falar alguma coisa a respeito disso mais tarde.

Suspiro em resignação e deixo-me cair no sofá Queen Anne ao lado dele e de Hemingway.

— Quais são os seus sintomas? — ele puxa conversa. — As instruções dizem que nós temos três luxuosos minutos para conversar e eu dei uma pesquisada enquanto você estava lá dentro.

— É claro que deu — resmungo, brincando com o pelo da ponta das orelhas de Hemingway.

— Ok, top dez sinais de gravidez — ele começa, olhando para mim. — Falta ou atraso na menstruação: confere. Vontade frequente de fazer xixi?

— Meh. — Dou de ombros.

— Seios sensíveis ou inchados? Como estão os seus peitos? — Brian aproxima a mão e dá um apertão em um dos meus seios.

Eu me encolho, em seguida, dou um tapinha na sua mão

para que se afaste.

— Ok, seios doloridos: confere. Que tal...

— Acariciar minha ex-noiva era a emergência, Brian? — A voz profunda e suave de Damon faz com que nós dois saltemos.

Nós dois congelamos sob seu olhar. Estou paralisada em parte porque ali está ele, parecendo tão lindo como nunca, e em parte porque os fatos estão prestes a serem revelados e sei disso. *Merda! Merda! Merda!*

— Não. Não é a minha praia — Brian admite honestamente. *Deus o abençoe.*

Damon enfia as mãos nos bolsos e mantém os olhos na gente enquanto entra no quarto. Ele se encaminha para as sacolas na cama e olha para a bagunça de caixas, panfletos e várias parafernálias de teste. Segura uma caixa e olha diretamente para mim. Tenho vontade de morrer.

— É essa a emergência? — Sua voz está baixa, aveludada e perturbadoramente calma.

Eu certamente não estou calma. Não respondo quando me levanto e passo por ele, indo para o banheiro. Fecho a porta atrás de mim, escorando-me nela para fechar os olhos, preparando-me para o veredito. Uma inspiração, depois uma expiração, e vou em direção à bancada para ver os resultados.

Com o teste na mão, reapareço, pronta para encarar Damon. Abro a porta e examino o quarto buscando sua presença intimidadora. Ele não está lá.

— Ele foi embora — explica Brian, desnecessariamente.

É um tapa duro, frio e desinteressado em meu rosto.

— Duas linhas? — pergunta ele, levantando-se do sofá e vindo em minha direção.

Um aceno de cabeça é a única resposta que posso formar. Estou grávida de um filho de Damon. Sob outras circunstâncias, acho que poderia, de fato, estar animada. Mas isso não é bom. Os olhos solidários de Brian encontram os meus. As lágrimas surgem e nadam em meus olhos.

Brian me aperta em um abraço consolador.

— Oh, querida, não chore. Não é o fim do mundo. Olhe para Lindsay. Minha irmã é mãe solteira e está bem.

— Eu não o quero. — As palavras fogem da minha boca. Não tenho nem certeza se são de verdade. A culpa é rápida e imperdoável.

Um soluço audível escapa da minha garganta e eu me desfaço no ombro de Brian.

— O que vou fazer? Ele nem sequer ficou para descobrir — choramingo.

A condição em que me encontro explica muita coisa. Explica o quanto andei emotiva ultimamente. Explica o estômago embrulhado, os seios pesados e doloridos, o quanto tenho estado cansada, a postura incisiva. Explica tudo. *Droga.*

— Ele me pediu para lhe contar o resultado.

— Não me importo — fungo —, conta pra ele. Ele claramente não quer ouvir a novidade de mim.

Capítulo Catorze

Central de Bebê

Aparentemente, quando uma mulher descobre que está grávida, ela de repente se torna a Central do Bebê. Todo comercial na televisão tem a ver com roupinha de bebê, ou comida de bebê, ou fralda de bebê, e cada pessoa que você vê em público ou está grávida ou tem um bebê com ela.

Meu ponto é: saí da cobertura duas vezes para passear com Hemingway e ou eu não havia reparado antes ou há uma convenção de carrinhos de bebês na cidade, porque vi mães demais empurrando bebês ou crianças pequenas em carrinhos que parecem ser uma contracepção intimidadora feita para confundir os adultos; eles são praticamente cubos mágicos de rodinhas. Eu vi seis — SEIS — mulheres grávidas em nosso passeio hoje de manhã.

Fiquei as últimas vinte e quatro horas engaiolada na cobertura, tropeçando em montes de bagunça e carregando diversos palitinhos de plástico nos quais apareceu o resultado "positivo" de alguma forma — a palavra mesmo, duas linhas, um sinal de positivo, uma carinha sorridente. Fiz todos os testes que Brian trouxe e cada um deles deu o mesmo resultado.

Não ouvi um pio de Damon e isso só aumenta meu desapontamento. Sei que, a essa altura, Brian já contou. Ele não tem nada para dizer? Está com raiva? Está chateado? Está indiferente? Não importa, porque não vou contar com uma gravidez indesejada para amarrá-lo. Não consigo pensar em um cenário mais infeliz para mim.

Brian reagendou minha reunião com Lindsay. Me senti mal por não ter ido trabalhar esta manhã, então prometi que estaria lá à tarde. Verifico as horas no relógio do forno e jogo outro biscoito de manteiga de amendoim na boca. É melhor começar a me mexer logo se eu for tomar banho, me arrumar e chegar na loja a tempo de discutir o emprego com Lindsay. Devoro o último biscoito e bebo toda a garrafa de água.

Hemingway está esperando pacientemente na porta para ser levado para fora novamente.

— Ok, ok. Vamos lá, bonitão.

Apesar da minha roupa de ficar em casa, saio na rua ensolarada, piscando pelo fato de o dia estar muito iluminado. Hemingway e eu fazemos nossa rotina normal, parando para que ele marque seus pontos de costume ao longo do caminho.

Para minha surpresa, vejo Andy e Chaucer vindo em minha direção. É cedo para ele estar na rua. Eles dão longas passadas, correndo um pouquinho na nossa direção.

— Oi — cumprimento.

— Oi — ele ofega como se estivessem andando rápido.

— O que está fazendo aqui fora tão cedo?

— Não tenho que trabalhar hoje — ele explica.

— Ah.

— Jo, você parece horrível — diz, tocando meu ombro. — Há algo de errado?

Uma risada ruidosa borbulha em mim. Eu me dobro, pois estou rindo muito. Isso é simplesmente tão fodido que tudo o que posso fazer agora é rir. Estou histérica. Andy ri, parecendo confuso, mas divertindo-se ao mesmo tempo.

— Não. Eu *estou* horrível — solto através da minha risada alterada. Endireito-me e respiro fundo, suspirando. — Estou grávida.

— O quê? — Andy dá um risinho com minha explosão, então olha desconfiado quando se dá conta de que estou falando sério. — Oh, droga.

— Descobri ontem. Doideira, né?

— É. Uau. Hum, o seu ex sabe? — Ele arqueia uma sobrancelha perfeita.

— Aham, sabe — admito, e depois encolho os ombros. — Preciso correr para o trabalho. Te vejo depois?

— Pode deixar. Até mais!

Andamos em direções opostas. Viro-me para olhar para ele. Andy continua a se afastar, agora com o celular pressionado contra a orelha e Chaucer trotando bem ao seu lado. *Provavelmente telefonando para uma outra opção. Uma que não esteja grávida.*

Um banho quente faz maravilhas para minha inquietação. Sinto-me metade humana novamente enquanto caminho em direção ao Volvo. Sequei os cabelos com a toalha e passei uma quantidade mínima de maquiagem. Entretanto, as roupas já estão provando ser um desafio. Tal como meu corpo após uma bebedeira de merda de uma festa, meu corpo de grávida está mais rechonchudo que o normal, tornando o ato de me vestir uma questão completamente nova. Pego uma camiseta delicada para cobrir a barriguinha que sei que está se projetando por cima do cós do short. Sinto-me enorme.

Consegui estimar que devo estar com pelo menos seis ou

sete semanas de gravidez. Foi necessária alguma pilhagem nas pílulas, no calendário e algumas lembranças dolorosas, mas consegui. Damon e eu fizemos este bebê na época em que éramos felizes, pelo menos. É o único ponto positivo que consigo encontrar na situação.

Eu me apresso para entrar na loja com Hemingway na minha cola. Estou atrasada. A ironia dessa frase não me escapa.

— Desculpe-me pelo atraso — anuncio para Noni e para uma Lindsay, que está aguardando.

— Sem problemas — Lindsay me tranquiliza com um sorriso.

— Como está tudo, Noni?

— Sob controle. — Ela sorri e mantém as mãos para cima, olhando ao redor para o seu progresso com a loja.

Examino as prateleiras cheias, a cafeteria estocada e a loja surpreendentemente limpa. É uma maravilha.

— Uau. Acho que sim.

Noni sorri, claramente orgulhosa do seu trabalho duro. Estou tão feliz que ela esteja trabalhando aqui! Se trabalhar aqui a faz se sentir mais satisfeita com a vida do que no The Diner, então tudo valeu a pena aos meus olhos. Noni merece mais do que a vida lhe ofereceu. Vê-la feliz meio que me dá esperanças de que talvez um dia eu seja feliz novamente.

— Ok, Lindsay, vamos conversar. Noni, você também. — Sinalizo para que ambas me sigam.

— Eu? — Noni guincha.

— Sim, você — confirmo. — Nós somos uma equipe, sabe.

Noni não diz nada quando nos segue para o escritório. No

caminho, pego o banco atrás da caixa registradora e o coloco no pequeno espaço do escritório.

— Ok, então, Noni, como gerente da loja, preciso da sua ajuda aqui.

Seus olhos se arregalam enquanto uma das suas mãos cobre sua boca.

— Gerente? — ela diz baixinho.

— Aham. Gerente.

Lindsay sorri docemente para Noni e não consigo evitar de sorrir também. Noni pula do seu banco e me agarra em um abraço. Os hormônios malditos me fazem lutar contra as emoções. Eu adoro que ela esteja extremamente feliz com seu novo título.

— Obrigada, Jo — ela fala com entusiasmo exagerado. — Muito obrigada.

— Não me agradeça. Você mereceu. Eu estaria em apuros sem você.

Ela se afasta de mim, secando uma lágrima desgarrada em sua bochecha.

— Ok, chega de coisas emocionantes — começo, e então olho para ambas, que estão me observando com um semblante de entendimento.

— Droga! Brian tem a boca grande! — reclamo, sentando-me na velha cadeira do Capitão. Enterro o rosto nas mãos, envergonhada demais para olhar para elas e certa de que vou começar a chorar.

— Oh, vamos, Jo — diz Noni —, vai ficar tudo bem. Um bebê é uma das melhores coisas do mundo.

— Eu juro que não é tão ruim, Jo — acrescenta Lindsay.

Ergo os olhos para as duas. Essas mulheres foram tratadas injustamente na vida, como eu, mas elas parecem estar bem. Noni é praticamente uma nova mulher esses dias e Lindsay é o protótipo da resiliência diante da adversidade. Ela perdeu o emprego e tem um lindo menininho para cuidar. Não há nenhum homem na vida delas duas.

— Não sei se posso tê-lo — admito, cobrindo novamente o rosto, de vergonha.

Os lábios de Noni se curvam com compaixão e ela olha para suas mãos. Lindsay apenas concorda com a cabeça. Imagino que Brian tenha dado todo o furo sobre Damon, a cobertura e tudo o mais.

— Bom, você só precisa saber que eu apoio qualquer decisão que tome — começa Noni —, mas não deixe o medo tomar a decisão por você. Somente a sua cabeça e o seu coração podem tomar a decisão que é certa para você. Entende o que eu digo?

Suspiro. Noni é muito boa em dar conselhos, tal como a Vó. É como sempre imaginei que minha mãe falaria comigo se ela ainda estivesse viva. *Oh, meu Deus. A Vó sabe também?*

— Você é tão parecida comigo, Jo — continua Noni, pegando minha mão. — Lembro-me de vê-la pela primeira vez e pensar que alguém estava fazendo uma piada de mau gosto comigo ou algo assim. Você entrou naquela lanchonete com quase nenhum dinheiro no bolso, parecendo infeliz, sem casa e sozinha, tal como eu havia feito tantos anos atrás. Agora olhe para você. — Sua mão aponta para mim todinha. — É uma dona de negócio linda, forte, focada e está esperando o primeiro filho. Se você e Damon não se acertarem, isso não muda quem você é e o quão longe chegou. — Ela faz uma pausa e aperta minha mão. — Você ainda é você mesmo se você não for a metade dele.

Falar sobre meu relacionamento fracassado e meu bebê não planejado puxa as cordas sensíveis do meu coração. Respiro profundamente e abano o rosto, tentando manter as lágrimas contidas. Isso é ridículo. Nunca chorei tanto assim. Tanto Noni quanto Lindsay riem, sabendo perfeitamente pelo que estou passando.

— Odeio os hormônios — choramingo.

Isso apenas instiga mais risadas das duas mulheres que me inspiram. *Queria que Vó estivesse aqui.* Não consegui evitar pensar se Damon ou Brian estavam trazendo-a para ver Noni. Eu com certeza não estava, uma vez que Damon quis que eu mantivesse distância, mas não ficaria surpresa se a velha senhora fizesse outra pessoa trazê-la.

— De volta aos negócios — digo de repente, batendo palmas e me virando para Lindsay. — Quer o emprego? Vamos precisar de uma pessoa para ficar no caixa, ajudar os clientes e que esteja disposta a cobrir qualquer ponta solta que possa aparecer. Como pedir comida para o almoço. — Finjo um sorriso largo, na expectativa de ter melhorado o humor.

Os olhos de Lindsay se alargam com a forma direta com que falo, mas ela balança a cabeça entusiasmadamente.

— Com certeza!

— Quer contratá-la, Noni?

Noni olha de mim para ela e de volta para mim.

— Claro — diz, com um sorriso.

— Ok. Então acho que vocês duas devem começar as coisas. Lindsay, a Noni vai te mostrar tudo e explicar os planos para a loja. Se precisar de qualquer coisa, me avise.

Ambas se levantam e se apressam de volta para a loja, para fazer o que quer que Noni tenha planejado. Conhecendo Noni, tenho certeza de que café e bolinhos dinamarqueses serão prioridade. Comida é amor aos seus olhos e ela fica feliz em dar isso para todo mundo em nosso círculo de amizades todo fodido. É tudo que ela sabe. Boa comida e ótimo conselho. E eu a amo por isso.

Com tanta coisa para pensar a respeito, abro o navegador no meu computador e clico no mecanismo de busca. Tenho que decidir qual é a melhor escolha para mim e assumi-la. Dói pensar em mim mesma dez ou doze anos depois na estrada sem Damon e com um pré-adolescente que se pareça com ele.

Não é uma vida que eu acho que consiga aguentar sozinha. Tenho um trem de carga como vida e trazer uma criança para isso é simplesmente injusto para o bebê. Que direito eu tenho de ferrar com a vida desta criança antes mesmo que ela respire? Preciso ver minhas opções e decidir. *Adoção? Aborto? Ficar com ele?* Não tenho a mais vaga ideia de por que eu pensaria no bebê como um *ele*, é apenas meio que a direção para onde meu cérebro foi. *Ele. Ele. O Bebê Damon Cole.*

Capítulo Quinze

Desejos

Cerca de um milhão de resultados aparecem quando procuro as palavras-chave: gravidez, aborto, adoção. Minha mente está girando. Estou sobrecarregada. Há um mar de variedade de informações por aí e apenas estou tentando me manter flutuando.

A adoção parece uma boa opção, mas não consigo evitar de pensar o quanto será difícil dar um bebê que terei carregado por nove meses. Acho que eu sentiria uma conexão com o bebê que seria forte demais para conseguir ir em frente e *dá-lo*. E se eu passar por toda a gravidez preparando-me para entregar meu filho para pais adotivos e então desistir? Eu me sentiria horrível por fazer isso a pessoas que provavelmente estão merecendo uma criança. Mas então, e se meu filho acabar sendo adotado por algum monstro? Sei que as agências de adoção são geralmente bastante sérias, mas nunca se sabe. E se eu acabar em um pesadelo como o que Noni está lidando neste momento, descobrindo, em algum momento, mais tarde na vida, que alguém abusou do meu filho e sentir-me indefesa para retificar a situação? Simplesmente há muitas possibilidades.

Se optar pela adoção, sempre ficarei me perguntando onde estará meu bebê, com quem e se estará feliz e saudável. Adoção me assusta pra cacete e faz meu coração doer de uma forma completamente diferente de quando dói por causa de Damon.

O aborto não parece muito melhor. Na verdade, parece

pior. Minha mão desce para minha barriga instintivamente, pronta para proteger este pequeno humaninho de qualquer coisa. De todas as coisas. Mas e se meu bebê precisar ser protegido de mim? E se eu estiver condenada a destruir tudo que toco, incluindo meu filho inocente? Esta perspectiva faz com que o aborto soe menos assustador e mais como uma opção que precisa ser explorada. De toda forma, como eles abortam a criança? O que envolve?

Pego um pedaço de papel e anoto a informação da agência de adoção e de uma clínica que faz abortos. Tomarei a decisão amanhã. Com sorte.

Fecho o navegador e recosto na cadeira. Estou tão cansada!

Estou quase no meu carro quando vejo a BMW de Damon zumbindo pelo estacionamento. Ele chega cantando pneu e pula para fora antes que o carro esteja sequer completamente parado.

Seus olhos estão incendiados e sua respiração está difícil.

— O que você fez? — brada Damon, soando como se estivesse em pânico.

Ele está monitorando minha internet por acaso? Há um mecanismo de rastreamento em meu carro? De outra forma, como ele teria ideia de onde eu estive? Nunca o vi desse jeito. Não sei o que dizer. Olho para a clínica e depois volto a olhar para ele, sentindo que as palavras me fogem. Fico imediatamente envergonhada que ele tenha me visto aqui e que saiba agora o que andei pensando como uma opção para mim mesma e para nosso bebê.

— Eu... — Encontrar as palavras se prova mais difícil do que estou acostumada.

— Oh, meu Deus. Porra! — ele grita. — Josephine, você não tinha o direito! — A forma como ele está berrando está me fazendo recuar. Olho em volta para ver se alguém está assistindo a esta demonstração vergonhosa. — É o *nosso* bebê. É decisão *nossa*. Não sua! — ele se precipita, fazendo com que eu fique toda eriçada.

— E desde quando você se importa? Como me encontrou? Volte para a vagabunda com que esteja saindo hoje e me deixe em paz. É o meu corpo, logo, a decisão é minha. — Eu o ofendo com meu dedo apontado acusadoramente para ele, como uma arma carregada.

— Brian me contou que você estava falando em fazer isso. — Ele ergue a mão na direção da clínica. — Como pôde? — Ele parece derrotado. Toda a raiva evaporou e o homem diante de mim está fora de si, parecendo à beira das lágrimas.

— É claro que Brian te contou! Da boca dele vaza mais coisas do que da porra de uma peneira. Eu não *fiz* nada. Só queria mais informação, ok? — admito baixinho.

Vou estrangular Brian quando o vir. Ele é o maior boca grande que já conheci.

O peito de Damon infla e ele respira profundamente — *com alívio*? Ele se aproxima de mim e me puxa pelos braços para o lado do passageiro do seu carro.

— O que está fazendo? — grito.

— Nós precisamos conversar. — Damon olha ao redor como se estivesse se certificando de que ninguém nos viu e isso apenas me deixa ainda mais puta da vida.

— Está preocupado que a Carrie nos veja conversando? — O rancor em minha voz diz tudo.

Damon não responde. Ele apenas fecha a minha porta e dá passos determinados pela frente do carro até o seu lado. Senta e gira a chave, dando vida ao carro. Entra no trânsito, dirigindo Deus sabe para onde.

— Aonde estamos indo?

— Para algum lugar em que possamos conversar — diz, sem sequer olhar para mim.

— Hum, claro, Damon. Não me incomodo de ir contigo — zombo da sua iniciativa.

Quinze minutos depois, Damon estaciona o carro em frente à casa que deveria ter sido meu lar também. Dói só de estar aqui. A primeira vez que ele me trouxe para ver este lugar foi quando me pediu em casamento. Eu nunca tinha sido tão feliz na minha vida.

Damon sai e rodeia o carro para me deixar sair. Sua mão grande é estendida em minha direção. Eu a aceito; minha mão na dele é como estar em casa. Isso cria angústia pura no fundo do meu estômago. Dói tanto! Ficar longe dele dói, porém, estar tão perto dele e tocá-lo é agonizante.

Assim que estou de pé, ele solta minha mão. Morro um pouco por dentro no momento em que ele me solta. De novo. Sigo-o para dentro da casa, onde ele me conduz para a sala e faz sinal para que me sente.

Sento no sofá e olho para ele com expectativa.

— Escuta — ele ordena, com uma voz calma. — Não importa o que aconteça, nunca pense que não quero o nosso filho. Não importa o que esteja acontecendo entre mim e você, este filho é meu. — Ele aponta para minha barriga, o que faz com que eu me sinta debaixo de algum holofote de alta voltagem. — E você não pode simplesmente tomar decisões com relação a ele ou ela sem mim. — Damon balança a cabeça em sinal de desaprovação. — Isso não está certo, Josephine.

— Eu só pensei... você agiu como se não quisesse ter nada comigo ou com o bebê. Você *foi embora* quando soube que eu estava fazendo o teste, pelo amor de Deus! E quando te vi no Ga Tan com a Carrie...

— Eu não estava *com* a Carrie. Ela estava lá com um cliente. Eu estava lá encontrando o Mike. Ela me viu, se aproximou e perguntou onde você estava. Contei que nós terminamos...

— Não. Você terminou comigo. Não houve um *nós* nisso — lembro-o.

Com os dedos, Damon esfrega a base do seu nariz perfeito. Ele está frustrado.

— De qualquer forma, expliquei que não estávamos mais juntos e ela se sentiu confortável para sentar à nossa mesa até que pedi que fosse embora.

— Você pediu que ela fosse embora?

— Sim. Eu tinha que me certificar de que Andy não estava dormindo contigo na minha cobertura. Ou dormindo contigo de qualquer forma — ele sussurra a última parte mais para si mesmo, o que me faz pensar se está apenas sendo territorial ou se há alguma parte dele que ainda pensa que sou dele. Asfixiar-me naquela brasa ardente que é a esperança é a única coisa lógica que posso fazer. A esperança era uma forma de me despedaçar. Não vou me satisfazer nisso de novo.

— Andy não vai dormir comigo de nenhuma forma. Nunca. Eu contei a ele sobre o bebê.

— Para quem mais você contou?

— Na verdade, para ninguém. Só para ele. Brian, porém, abriu a boca. Noni e Lindsay sabem também.

— Ah — ele diz, parecendo desconfortável com a menção ao nome de Noni.

— Você conversou com ela? — pergunto, com cuidado para não ultrapassar meus limites.

— Sim — admite, parecendo tão arrependido que não posso evitar de sentir pena dele.

A gente pode não estar mais junto e eu posso estar magoada, mas isso não muda o quanto eu o amo. Meu desejo de vê-lo feliz não acaba automaticamente. Isso não muda o fato de que odeio o que o pai dele causou a todos nós.

— Falei com ela hoje de manhã — digo, e faço uma nota mental para parar de ser tão egoísta e perguntar a Noni sobre a conversa dela com Damon e oferecer-lhe um ombro, caso ela precise.

Ele concorda, olhando para seus pés.

— Que bom.

Esta conversa se tornou estranha rapidamente. Porém, não estou no comando, então não sei o que diabos dizer.

— Jo, prometa-me que vai tomar cuidado e cuidar de si mesma e do nosso bebê. — Damon se aproxima e coloca a mão em meu braço. Seu toque é como sempre foi, quente e gentil, porém firme.

Encolho os ombros.

— Eu provavelmente deveria ir a um médico logo, porém, ao contrário, estou fazendo o que acho que é a coisa certa.

A mão de Damon cai e eu instantaneamente anseio por seu toque novamente.

— Vou pedir que Brian agende uma consulta para você com um bom médico — ele me assegura. — Vou pagar por isso, claro.

— Certo. Ok. Acho que eu deveria voltar para o meu carro.

Preciso sair daqui. Meu primeiro impulso é ficar puta da vida sobre essa coisa toda de pagar pelas minhas consultas médicas, mas sei que isso é apenas coisa do Damon e eu estou sobrecarregada demais para ficar com raiva neste momento. Estou cansada e preciso fazer xixi novamente. Ah, é, e estou grávida. Apesar disso, meu humor não muda o efeito que ele causa em mim. Nunca mudou. Ficar sentada tão perto dele é como pendurar uma caneca de cerveja na frente de um alcoólatra em recuperação.

Damon é a minha droga e sinto sua falta, sinto falta da onda que ele me dá; ficar tão perto da fraqueza que amo tanto é perigoso. Ele causa sintomas de abstinência fortes demais para controlar. Invade meus sentidos, deslizando em minhas veias, deixando-me desejosa por mais. Acho que em algum lugar em meu coração despedaçado há uma parte minha que espera que ele vá me recolher como sua donzela em perigo e me implorar para ir para casa, porém a parte prática do meu cérebro me diz que é melhor não ter expectativas tão altas. Tenho que ficar o mais longe possível se eu tiver alguma chance de cura. Não posso cruzar os dedos achando que nós vamos conversar sobre isso de alguma forma. Damon não conversa muito sobre as coisas, de qualquer modo, principalmente quando é sobre seu passado e sua família. Tudo que ele sempre fez nessa relação foi da forma dele e no tempo dele. Não há como mudar isso. É quem ele é. É como Damon Cole é conectado e não posso deixar que fantasias de menininha tomem conta de mim.

Capítulo Dezesseis

Pesadelo

Bato na porta três vezes e aguardo Noni responder. Só vim aqui algumas vezes desde que ela começou a alugar a casa do Capitão. Ainda é difícil, para mim, ver as coisas dela ali, em vez das coisas dele, a vida dele jogada para o canto quase como se ele nunca tivesse existido, muito embora Noni tenha sido nada além de cortês sobre as coisas dele ainda estarem na casa. É apenas outro lembrete de que Noni tem um coração de ouro e de que o Capitão se foi.

Aguardo na porta, sem resposta dela. *Que diabos, Noni?* Pego meu celular do bolso de trás e verifico se perdi alguma mensagem ou ligação, mas não há nada. Ela me disse para vir para discutirmos algumas coisas sobre a casa, por isso, cá estou eu. Conhecendo-a, ela provavelmente está na cozinha passando um café fresco e fazendo uma fornada de biscoitos para mim como se eu fosse alguma convidada especial ou algo do tipo. Esta é a Noni. Sempre servindo os outros.

Sem pensar muito, giro a maçaneta e abro a porta da frente destrancada.

— Noni! Cheguei! — grito, enquanto vou em direção à sala.

Ouço um gemido silencioso seguido por uma forte respiração ofegante vindo da sala e isso rapidamente traz de volta à minha mente cada lembrança dolorosa da morte do Capitão.

— Noni! — grito e contorno a esquina em direção à sala que assombra meus sonhos, agora mais do que nunca.

A visão diante de mim é tirada diretamente de um filme de terror e eu congelo no lugar tendo dado apenas um passo para dentro do cômodo. Noni luta contra a fita adesiva que a mantém cativa em uma das cadeiras do Capitão. Minha boca se abre e meus olhos se arregalam e marejam. Noni se sacode no lugar e grita por detrás da toalha de rosto enfiada em sua boca. Antes que meu cérebro consiga registrar uma resposta, sinto uma força bruta bater na minha lateral. De algum lugar atrás de mim ou talvez ao meu lado, sou atacada. Mãos e braços parecem vir de todos os lugares, me puxando e me empurrando. Uma mão grossa vai à minha boca e tem sucesso em silenciar meus gritos. Luto para me libertar do meu agressor, mas outro par de mãos força meus braços para trás. O inconfundível som de fita adesiva sendo arrancada do rolo preenche o ar ao meu redor. Sinto como se meu coração fosse irromper do peito. Alguém se inclina perto da minha orelha e, apesar da minha luta inútil, sinto seu bafo agredir minha pele com cada sílaba que ele fala.

— Não lute comigo — avisa.

Meu sangue vai a abaixo de zero quando me dou conta de que ele está aqui. É ele e é a primeira vez desde o acidente que me sinto completamente vulnerável a um monstro que arruinou o meu mundo. Estou à mercê dele e o meu bebê também.

A fita é amarrada bem apertada, fazendo com que meus dedos inchem com sangue e fiquem levemente dormentes. Um pedaço de roupa com gosto de farinha com poeira é enfiado em minha boca apesar do quão forte eu trave meu maxilar. Olho ao redor desesperadamente, mas não consigo ver quem está atrás de mim. Sei que Edward está aqui, mas o choque paralisante me atinge quando sou rodopiada e arrastada até a cadeira ao lado de Noni.

Howard. Andy. Andy era o cara que estava roubando cheques do quarto da Vó na casa de repouso — esta é a razão por que ele sempre era quem arrumava a bagunça para ela e porque era tão acolhedor com nós duas. Esta é a única razão pela qual ele me perseguiu. Aquele filho da puta.

Porém, ver Howard envolvido nisso tudo é surpreendente. Ele é o chefe de segurança na cobertura e um dos que fazem parte do círculo de confiança de Damon. Ele confiava nele. Eu confiava nele.

— Seu merda sem valor! — grito, por detrás do pedaço de tecido em minha boca.

Edward sinaliza para Howard a seu lado e ele salta como um cachorro caçador bem treinado.

— Amarre-a — ordena Edward, e vejo Howard se agachar ao meu lado com uma corda de náilon na mão.

— Perdoe-me, Srta. Josephine, não tenho escolha. Preciso do dinheiro —Howard pede desculpas, parecendo um animal acovardado.

— Vá se foder! — rosno, certa de que, mesmo com uma toalha na boca, minhas palavras saem claras. Arremeto contra ele; Howard recua e cai de bunda. É uma pequena vitória.

Um golpe forte bate em minha bochecha, tão forte que vejo sombras fluorescentes amarelas, verdes e rosa. Minha visão fica embaçada por um longo tempo antes de começar a clarear. Minha cabeça está pesada e cai para um lado. Uma quentura desce por minha bochecha vinda do que acredito ser um corte. Ouço o choro controlado de Noni ao meu lado e me esforço para não chorar. Porra de hormônios e de dor.

O inconfundível gosto metálico do sangue invade minha boca. Uma inspeção com minha língua descobre que todos os meus dentes ainda estão no lugar, mas meus molares de cima fizeram um corte bem grande na parte de dentro da minha bochecha. Um batimento cardíaco acelera a um nível épico do lado esquerdo do meu rosto, trazendo uma inflamação e mais sangue. Não tenho escolha a não ser engolir o sangue ou me afogar com ele, então, foco em engolir e tentar não vomitar enquanto ele se infiltra. Minha pele começa a se sentir apertada enquanto a inflamação faz minha carne se abrir.

No período de tempo que levo para reunir um pensamento cognitivo, Howard prendeu minhas pernas à cadeira e Andy "faz-tudo" prova o quão faz-tudo ele é ao fixar meus braços às costas da cadeira. Viro meu rosto e vejo que estou tal como Noni: atada, amordaçada e sangrando. Parecemos uma dupla combinando, exceto por uma coisa: Noni tem uma expressão de medo completo em seu doce rosto e eu tô puta da vida.

Estou lutando com raiva e tudo o que quero é bater nesses filhos da mãe safados em nenhuma ordem em particular! O instinto de briga que cultivei quando era criança emerge e vou nessa. Eu os mataria se tivesse a chance. Vou cortá-los das bolas ao pescoço com a faca mais cega que eu encontrar. Como uma mulher possuída, encaro cada um deles, sem temer o abuso físico que tenho certeza de que estão felizes em proporcionar. Eu aguento. Vou aguentar tudo porque a raiva é o que vai me dar apoio da mesma forma como me apoiou todos esses anos sem Maman e Papa. A raiva vai me fazer ir adiante. A raiva vai me salvar e talvez salve Noni também. Posso acabar em breve em alguma cova rasa no deserto, mas, porra, vou lutar cada segundo até não poder mais.

— Casa bonita que aquele fodido te deixou, Josephine — Edward zomba, enquanto se senta em frente a Noni e a mim.

Ele está a cerca de meio metro, convenientemente ao alcance de um braço.

Eu me contorço e forço as cordas que me prendem, esperando que ao menos um desses dois babacas não seja bom com nós. O rosto de Edward se ilumina e ele ri como o porco que é.

— Vá se foder! — grito.

Fica claro que ele ouviu meu xingamento, porque pula de pé, toma impulso e martela o punho fechado em meu rosto. Não sei ao certo onde ele me atinge porque minha cabeça inteira gira de dor. É excruciante. A dor reverbera em mim. Sangue jorra para dentro da minha boca e eu rapidamente o engulo. Minhas narinas queimam quando tento recuperar o fôlego. É tão difícil respirar assim! Você não se dá conta até ser forçada a fazê-lo.

O choro desesperado de Noni fica mais alto quando tento sufocar a dor que o ataque me causou. Ouvir o choro de Noni causado pelo homem que a atormentou tanto me faz desejar ter uma força sobre-humana. Quero me libertar das amarras dessa cadeira e tirá-la daqui. Quero protegê-la do monstro parado à nossa frente. Seu choro assustado apenas alimenta meu desespero de nos tirar dessa confusão.

— Fala de novo, cadela! Eu duvido! — Edward me atormenta, a apenas centímetros do meu rosto.

O cheiro de bebida, mau hálito e tabaco é suficiente para fazer qualquer pessoa vomitar. Eu gemo e viro a cabeça para evitar que o cheiro me atinja. Seus olhos azuis injetados são os mais escuros que já vi. Algo maligno habita dentro desse homem e tenho certeza de que não é algo de nascença. Não há como a Vó ter qualquer coisa a ver com isso. Ela não poderia ter criado tamanho monstro.

— Sabe, Jo, ficaria surpresa com o que sei sobre você — ele comenta, cutucando-me na testa com o dedo sujo, sua barriga grande balançando calorosamente com a risada. — Quer saber o que sei?

Começo a dizer que não com a cabeça, mas penso duas vezes quando o movimento faz minha cabeça doer muito mais. Em vez de responder, olho para Noni. Foco com força nela e rezo para que algum plano de fuga brilhante ocorra em meu cérebro anuviado.

— Sei quem você é — ele sussurra de modo conspiratório. — Sei que estava totalmente falida antes de ficar toda aconchegada ao meu filho idiota e minha mãe senil, e agora você é uma bocetinha mimada. Virou minha própria mãe contra mim! — ele grita a última parte, e saliva voa no meu rosto, o auge de sua voz fazendo com que minha dor de cabeça crescente fique ainda mais dolorosa. — E então *isto* — ele sinaliza Noni —, isto é simplesmente maravilhoso. Você não pode imaginar o meu entusiasmo quando me dei conta de que você *resolveu* rastrear esta cadela.

Observo Noni e vejo-a se encolher diante da agressão verbal dele. Deus, eu queria que ele a tivesse deixado em paz. Não tive a intenção de arrastá-la para seja lá qual for o tipo de confusão em que isso se transformou. Não consigo imaginar o que, na porra da cabeça do Edward, o faz pensar que tive alguma coisa a ver com qualquer que seja a desgraça em que ele esteja. Na realidade, tenho certeza de que ele apenas se enterrou muito fundo e não consegue ver uma saída. É um bêbado que não pensa, com uma capacidade séria de culpar outras pessoas por sua vida fodida.

— Eu te contei algumas coisas, então o que você tem para contar pra mim? — Com um movimento rápido, ele puxa a toalha da minha boca.

Lambo meus lábios e umedeço a boca uma vez que o pano se foi.

— O que você quer saber? — forço, rugindo.

— Preciso saber onde está o dinheiro.

— Que dinheiro?

— O dinheiro da minha mãe!

— E-eu não sei. Eu não tenho nada a ver com isso.

Minha mente está correndo tão rápido que fica difícil manter as coisas claras. Não sei de que dinheiro ele está falando. O sangue gotejando de algum lugar acima da minha sobrancelha escorreu para o meu olho e secou um pouco. Isso faz com que piscar fique pegajoso. É uma distração. Não me lembro de Damon ou Vó me falarem qualquer coisa sobre o dinheiro desaparecido ou o que viria a se tornar o dinheiro restante da Vó. Damon disse que ele ia cuidar disso e deixei as coisas como estavam. Nunca é útil tentar interferir em assuntos sobre os quais Damon está preocupado. Ele não comenta muito sobre coisas de negócios e a sua menção ao dinheiro desaparecido definitivamente tinha tudo a ver com negócios.

— Não mente pra mim, porra! Eu sei que você sabe!

— Pare! — grito. — Deixe-me pensar, porra — digo, tentando ganhar tempo para entender de que diabos ele está falando... *dinheiro da Vó, dinheiro da Vó. Onde está?* — Da última vez que ouvi falar algo a respeito, Damon estava cuidando das contas da Vó depois que ele descobriu que dinheiro estava desaparecendo.

A compreensão nasce em meu cérebro dolorido. *Andy!*

Antes de pensar duas vezes, meus olhos encontram Andy encostado na parede atrás de Edward, comendo algo de uma lata de nozes misturadas como se estivesse passando um tempo no bar, filmando a merda toda. Desgraçado.

— Você! — acuso-o.

Ele encolhe os ombros casualmente.

— Eu — ele acrescenta com uma piscadela.

— Fingiu ser meu amigo! Você tentou... você queria me comer, seu... seu desgraçado! — Não é uma ofensa muito grande, mas é o máximo que está dominando meus pensamentos. Sinto-me enjoada ao lembrar da boca dele cobrindo a minha em frente à cobertura na noite em que fui com ele no Ga Tan.

Andy encolhe os ombros e ri entredentes, jogando outra noz confiscada da comida de Noni em sua boca podre.

— Ele vai matar vocês todos — sibilo.

Meus olhos miram Howard, que está sentado em uma cadeira perto das janelas da frente, sem dúvida de olho lá fora. Ele se vira para me encarar quando ouve meu aviso. O olhar preocupado em seus olhos me diz que ele sabe que Damon é o cara errado com quem se meter. Seus olhos encontram o olhar de aço de Edward e ele volta para sua função de vigia.

— Howard, ele pode te matar primeiro — aviso —, simplesmente porque confiou em você.

Olho para a frente novamente e vejo Edward sinalizar para Andy, e sei que provavelmente acabo de ganhar mais uma punição. Andy "faz-tudo" abandona seu petisco na mesa lateral e se apressa como o pequeno trabalhador obediente que é. Suas mãos vão para o meu maxilar e eu não ofereço resistência. Deixo-o abrir minha boca enquanto Edward se serve de outra longa dose de álcool cor de âmbar, depois enfia a droga do pano de volta em minha boca.

Edward dá um sorrisinho afetado, o que faz meu coração prender no peito.

— *Damon* não fará droga nenhuma a ninguém.

Que diabos isso significa? Onde está Damon? O que vão fazer com ele?

O choro baixinho de Noni desvia minha atenção de Edward para ela e, de uma vez só, eu me sinto como a única pessoa na sala que não sabe de algo. Algo importante. Ideias sobre meu gostosão invadem minha mente. Junto com as ideias de Damon vêm as ideias do bebê que estou carregando. O bebê de Damon.

— Sabe, você fica muito bem com a boca aberta, Jo. — Andy arrasta seu dedo indicador pelo meu maxilar, forçando-me a me afastar do seu toque indesejável. Levanto os olhos direto para ele, esperando que entenda a mensagem que estou mandando. — Eu ainda gostaria de provar o que está debaixo dessas roupas — cantarola, sua voz repulsivamente sincera.

— Andy, precisamos conversar — Edward convoca Andy para a cozinha, deixando Howard cuidando de mim e Noni.

No momento em que eles saem da sala, travo o olhar com Howard, enviando-lhe um pedido silencioso. Seus olhos desviam da gente, como se fosse difícil demais olhar a cena diante dele.

— Howard — falo abafadamente. — Nos ajude — continuo, esperando que ele possa perceber meu simples apelo. — Não faça isso.

Ele fecha os olhos com força e deixa sua cabeça pender. Ele sabe mais do que ninguém que qualquer que seja a quantia que lhe esteja sendo paga, qualquer compensação que lhe tenha sido oferecida, não será nem um pouco suficiente pelo que Damon fará com eles três.

— Sinto muito — ele sussurra baixinho, e então volta sua atenção para espiar por entre as cortinas da janela.

A parte racional do meu cérebro sabe que ele deve estar fazendo isso por causa do medicamento que disse que seu pai precisava, mas a parte puta da vida do meu cérebro quer descer o cacete no crânio dele por ser um completo traidor.

Edward retorna à sala com Andy em sua cola, estalando as articulações como se fosse um cachorro grande.

— Eis o que vai acontecer, cadela — Edward rosna, retirando o pano da minha boca. — Preciso de dinheiro. Estou devendo uma quantia séria para umas pessoas tão perigosas que você sequer seria capaz de imaginar. Eu estava indo pagar minha dívida quando, de repente, meu acesso ao dinheiro foi cortado. Agora, não tenho escolha a não ser espremer o dinheiro daquele imbecil do meu filho para financiar minha vida no México. A única coisa que faz você valer alguma coisa é a sua "condição". Ele pode tê-la descartado, mas, para minha sorte, você engravidou, fazendo de você uma pessoa muito valiosa para o meu filho. Ele sempre foi um fracote.

Meus olhos se arregalam. Andy contou a ele. Agora consigo ver aonde tudo isso está indo e é o pior cenário junto com ser assassinada, eu acho. Eles querem dinheiro, rios de dinheiro, pelo que posso dizer, e estão usando a mim e a este bebê como moeda de barganha. *Como isso está acontecendo agora?* Esta merda só acontece nos filmes. Ninguém é sequestrado por causa de resgate na vida real. As pessoas simplesmente matam e tentam o quanto podem escapar da polícia. Ele não vai deixar a gente ir embora. Não me contaria detalhes do seu plano se estivesse planejando me deixar ir embora. Eles não fizeram nenhum esforço para esconder suas identidades ou disfarçar suas vozes. Não pretendem nos deixar vivas. *Sem testemunhas.*

— Vá pro inferno! — rosno, e então cuspo bem no meio da sua cara nojenta.

Se eu tivesse pensado duas vezes sobre isso, provavelmente não o teria feito simplesmente porque sei que acabo de ganhar uma surra e tanto; uma surra que vai colocar meu filho em risco. Não posso me dar ao luxo de ser imprudente quando meu bebê está em jogo.

Edward puxa um lenço do bolso de trás e limpa o rosto.

— Você vai pagar por isso em breve — avisa, sua voz uniforme, de modo que sei que está sendo sincero. — Então, eis o plano — continua, agarrando meu cabelo para me fazer encontrar seus olhos. — Você vai telefonar para o Damon e fazê-lo vir, assim como fizemos ela telefonar para você. — Ele indica Noni com a cabeça com um olhar nojento. — Invente algo. Apenas faça com que ele venha aqui.

— Ok — concordo. Minha mente está correndo a um milhão por hora. Tenho que dizer alguma coisa que o faça entender que algo não está certo. *Pense, Jo. Pense.*

Edwards sinaliza para Andy, que localiza meu celular em — juro! — parecem ser segundos e liga para Damon. Ele me traz o telefone, segurando-o no lugar de modo que eu posso mantê-lo entre minha cabeça latejante e o ombro.

Damon responde no terceiro toque.

— Alô.

— Ei — começo, com a voz mais estável que consigo.

— Josephine?

Ouvi-lo dizer meu nome dói. O território do meu coração é frágil. Saber que estou prestes a atraí-lo para essa confusão me faz pausar. Não quero que ele se machuque. Não quero que algo terrível lhe aconteça. Ele pode não me querer mais, mas eu ainda o amo, talvez mais agora do que nunca. Tenho que protegê-lo.

— Ei, eu estava pensando... — continuo.

— Sim? — Ele parece confuso, mas espero dissipar a neblina com o que tenho a dizer.

— Lembra do que me prometeu na cama, naquela noite? Na primeira noite depois que a Vó se mudou?

Ele suspira, claramente lembrando do momento que partilhamos.

— Aham.

— Preciso que cumpra essa promessa. Estou presa na casa do Capitão. Meu carro está fazendo um barulho estranho. Pode consertá-lo?

— O que está acontecendo? — Sua voz fica mais grossa e posso ouvir movimentos do seu lado da linha. Ele já está vindo.

— Hum, não sei o que há de errado com essa coisa. Só sei que não consigo consertar sozinha, então, venha preparado, tá?

— Se há algo de errado, diga qualquer coisa diferente de não.

— Aham, a Noni está aqui — respondo, puxando conversa.

— É ele, não é? — Posso ouvir um som alto de algo sendo partido, acho que o punho de Damon encontrando alguma pobre porta ou mesa.

— Certo. Ok, te vejo daqui a pouco — sinalizo, fingindo uma atitude calma e tranquila.

Andy encerra a ligação antes que eu possa dizer qualquer outra coisa e tira a toalha do meu colo, enfiando-a de volta na minha boca. Ele enfia meu celular de volta em seu bolso e passa o dorso dos seus dedos sujos em meu rosto, fazendo um "tsc tsc tsc" condescendente quando sua junta toca o corte em minha testa.

Edward volta ao modo de negócios assim que fica sabendo que Damon está a caminho, e isso me faz ficar com ainda mais raiva e muito mais ansiosa.

— Howard, certifique-se de não ser visto dessa janela — ele late. — Andy, fique no saguão de modo que aquela porta te esconda quando ele entrar. Isso vai te colocar atrás dele. Eu vou ficar aqui atrás. Agora, uma vez que ele for abatido, nós temos que agir rápido. Entenderam?

Ambos os homens concordam em fazer como Edward mandou, mas eu parei no "uma vez que ele for abatido". *O que ele quer dizer com uma vez que ele for abatido?* Um nó dolorido cresce em meu estômago, sabendo que Damon está vindo para cá para ser emboscado por esses merdinhas. Ele está se colocando em risco por mim, por Noni e por nosso filho. Não consigo digerir a ideia de algo acontecer a Damon. Não serei capaz de viver comigo mesma se algo acontecer a ele.

Parece que uma eternidade se passa e, então, alguém bate na porta. Noni se queixa. As lágrimas rolam por seu rosto. Ela está tão assustada quanto eu. Ouço a porta se abrir. Passos ressoam no assoalho e aguardo pelo desastre.

— Jo, meu bem, onde você está? — Brian chama, e não parece ele mesmo.

Ele sabe. Damon deve ter lhe contado que algo está acontecendo. Meu amigo querido é muito corajoso em vir aqui; ele acaba de entrar em um pesadelo por mim.

— Damon me mandou para rebocar a coisa — ele grita,

ainda à porta. — Você já ligou para a assistência?

Onde está Damon? Oh, Deus, Damon. Onde está você?

A porta se fecha com um estrondo e nós ouvimos um sussurro, e então uma batida alta.

— Brian! — grito, através da porra da toalha idiota.

O choro de Noni se torna compulsivo. Olho para ela e vejo-a encarando Edward. Ele sacou uma arma e a tem apontada para a entrada da sala.

— Cale a boca, cadela! — Edward rosna, balançando a pistola no ar. Ele bate com força a coronha da arma na cabeça de Noni e ela instantaneamente fica mole.

Andy aparece na entrada curva da sala com Brian, enfraquecido, porém ainda lutando contra ele.

— Apenas ele — ele grunhe.

— Porra! — Edward grita.

— E agora? — pergunta Andy, segurando Brian numa espécie de aperto de combate mano a mano. Os braços de Brian estão presos com o de Andy e erguidos para cima, forçando seus ombros para baixo de forma submissa. Nesta posição esquisita, a pequena figura de Brian está tão imóvel quanto eu nesta cadeira.

Brian tem um olho sangrando, mas consegue me ver. Ele luta bastante contra Andy, tentando se livrar dele. Minha emoção me vence ao ver meus amigos espancados e sangrando, e finalmente começo a chorar. Meus soluços tornam a respiração pelo meu nariz muito mais difícil. Sinto uma vertigem terrível. Puxo minhas amarras. Preciso me libertar. Preciso ajudar Brian.

Faço contato visual com Brian e ele pisca de volta, fixando

seus olhos em mim com um sorriso corajoso e determinado. Ele arrasta um pé para trás e o acerta no joelho de Andy. Andy ruge como um animal ferido e seu aperto em Brian suaviza o suficiente para que Brian se sacuda, libertando um braço. Eles lutam e Brian vai à porta da frente, com Andy atrás dele. Uma explosão ensurdecedora soa, tampando meus ouvidos. Meus olhos instintivamente se apertam. Tudo que consigo ouvir é o tilintar. Meus olhos se arregalam e vejo Brian se contorcendo no chão. Ele levou um tiro. O sangue está jorrando de sua perna, ou talvez seja do intestino. É difícil dizer. Impulsiono-me contra a cadeira e grito o mais alto que posso, mas é inútil. Não tem como ajudar meu amigo. Brian se move, de barriga para baixo, em direção ao foyer. Ele está gemendo guturalmente. Um lado do seu corpo está flácido, deixando que o outro lado faça todo o serviço de escapar e, embora eu saiba que não é possível ele conseguir passar pela porta, meu coração aperta no peito, na expectativa de que ele consiga de alguma forma.

A situação toda se tornou rapidamente fora de controle. Olho para Edward, que está se mexendo atrás de Brian. Andy, que havia se jogado depois que o tiro foi disparado, fica de pé novamente e pega um dos tornozelos de Brian. Edward pega o outro e, juntos, eles arrastam Brian de volta da porta, onde agoniza fracamente e geme em agonia.

— Soltem-no!

Não sei se meus ouvidos não estão funcionando ou se estou delirando e imaginando coisas, mas meus olhos o encontram parado na adjacência da sala com uma arma sacada, apontada para Edward. Damon não tira os olhos de Andy e Edward. Esse puto, o Edward, se endireita e gira para encarar Damon, com sua própria arma em punho. Howard permanece à janela com as mãos levantadas em sinal de rendição.

— Afaste-se dele — ordena Damon.

— Vá se foder, seu peste! — cospe Edward.

Tudo aconteceu rápido demais. Minha cabeça é um turbilhão e estou aterrorizada. É difícil acreditar que Damon está realmente aqui. Ele está aqui e tem um revólver. Ele veio nos salvar. Tudo aconteceu rápido demais. Meu cérebro luta para se agarrar à realidade. Quero fechar os olhos e desejar que tudo vá embora.

— Quero o meu dinheiro — Edward vocifera, balançando um pouco a arma.

— A polícia já está a caminho. — O olhar de Damon vai para Howard, depois para Andy. Sua voz é calma e calculada. — Vão em frente e fujam. Corram rápido e para longe, porque eu vou encontrá-los e, quando o fizer, irei matá-los.

É todo o aviso de que Howard precisa. Ele dá uma olhada para Edward, depois para Andy, e pula rápido para a porta da frente. Andy acena para Edward e se vai também. Ele dá o fora como um homem em chamas. Espero que não cheguem longe. Eles não podem. A polícia terá que pegá-los. Já deveriam estar aqui a essa hora. *Onde eles estão?*

— Voltem aqui! — ordena Edward.

Agora são apenas ele e Damon. Eu observo, desamparadamente, enquanto Edward encosta o cano da arma na cabeça de Damon. *Oh, Deus. Ele vai matar o próprio filho.*

— Dinheiro! Pegue o telefone agora mesmo e faça com que duzentos e cinquenta mil sejam transferidos para a minha conta — ele grita. — Eu quero o dinheiro que tenho direito!

— Você já não roubou o suficiente? — responde Damon.

Ouço o duplo sentido por trás da pergunta retórica de

Damon. Ele não poderia estar mais certo. Edward já roubou muito de todo mundo nesta sala. Roubou a inocência e as aspirações de Noni. Roubou a adolescência inteira de Damon. Roubou minha família. O dinheiro de sua mãe não é nada, em comparação.

As sirenes soam ao longe, ficando mais perto a cada segundo. Edward parece desesperado e frenético, e suas mãos começam a tremer segurando a arma. Ele está sem opções. As coisas não correram como ele havia planejado e agora está tudo perdido. Não há nenhuma forma que Damon possa lhe dar qualquer quantia substancial de dinheiro neste momento, mesmo se estivesse inclinado a fazê-lo. Edward perdeu, e sabe disso.

Suas mãos ficam ainda mais instáveis à medida que as sirenes se tornam mais barulhentas.

— Você sempre foi um merdinha inútil — cospe Edward.

A cena diante de mim quase fica paralisada, rolando em câmera lenta, *frame* por *frame*. Sou forçada a assistir Edward apertar mais forte sua pistola, e seu objetivo se torna estável. Fecho os olhos e me preparo para o pior. Outro estouro ensurdecedor ressoa pela casa. O cheiro sulfúrico de pólvora queimada impregna meus seios nasais, fazendo-me me dar conta do que acabou de acontecer.

Contra a minha vontade ou talvez por causa da minha tendência natural de antipática autoaversão, abro os olhos e procuro por Damon deitado no chão.

Mas ele não está lá.

Está parado bem onde estava antes, com sua arma ainda apontada. Olha para baixo, buscando por feridas. Ele não está sangrando. Ele não levou um tiro. Ele está ali, vivo e bem, e eu não poderia sentir uma sensação maior de alívio.

Edward está de costas bem onde ele estava de pé, com uma poça de sangue fluindo da cabeça. Ele está morto. Damon atirou e matou o próprio pai. O monstro que atormentou Damon desde seu nascimento está agora sem vida no chão.

O som das sirenes e de pneus cantando seguidos por o que devem ser vinte pés correndo pela casa chama minha atenção para a entrada da sala.

— Largue a arma! — ordenam diversos policiais.

Damon se agacha devagar e coloca a arma no chão. Os policiais se movem rápido e correm apressadamente, alguns em direção a Brian, outros em direção a Edward, outros para Noni. Deve haver alguém perto de mim, mas tudo em que consigo focar é nos dois homens forçando meu gostosão a deitar no chão.

Damon não luta contra eles. Ele cumpre o que é pedido, pressionando sua bochecha contra o chão, seus olhos focando em mim. Meu olhar encontra o dele e temo que o olhar vazio que ele tem agora seja um sinal de que o que aconteceu o tenha arruinado para sempre.

Capítulo dezessete

Livre

Acho que a pior coisa nisso tudo é o sentimento de ter sido roubada. Tive a loja todos esses anos e ela era minha fundação, minha base. Eu a tenho gerenciado minimamente bem sem o Capitão porque a loja era, de verdade, minha corda de segurança em um mundo que parecia pronto para me engolir se lhe fosse dada metade de uma chance para isso. Agora eu tenho que abrir mão dela, assim como tenho que abrir mão de Damon. A ideia de desistir de ambos é um sopro devastador em meu já despedaçado coração.

Doze dias atrás, assisti de uma maca enquanto Damon era algemado e transportado no camburão de uma viatura da polícia. A cobertura da imprensa tem sido quase constante. Embora nenhuma acusação tenha sido feita contra Damon, ele ainda está sob vigilância cerrada por conta do cumprimento da lei e dos repórteres que forçam a barra.

Brian foi levado ao hospital, onde foi operado para remover a bala na parte superior da perna. Os médicos disseram que ele teve sorte de ter sido baleado ali e não dois centímetros para o lado, do contrário, teria sangrado até morrer. Ele tem estado de bom humor com relação a tudo isso. Trey acha que é legal que seu tio seja um herói. Lindsay ficou preocupada pra caramba com todo esse suplício. Ela tem ficado ao lado dele sem parar. Brian falou sobre como sua façanha atual iria "cavar" uma cicatriz também. Só o visitei uma vez porque vê-lo mais do que isso iria tornar muito mais difícil o que tenho que fazer.

Eu acho que ele ainda tem uma semana antes de ser liberado.

Noni sofreu uma concussão graças à coronha da semiautomática de Edward, mas está se recuperando bem com a ajuda da Vó. Ela insistiu para Noni ficar em seu sofá-cama enquanto ela se recuperava. Eu consigo entender a necessidade da Vó de cuidar da mulher que deu luz ao seu Damon trinta e três anos atrás.

Quando os paramédicos começaram a me examinar, a realidade me bateu com força. Eu me preocupei que houvesse algo de errado com o meu bebê. Me preocupei que fosse perdê-lo ou perdê-la, e esta ideia era mais do que eu podia lidar. O ultrassom revelou o som forte do coração do meu bebê dentro da segurança do meu útero. Lá estava ele, no formato de uma pessoinha, fazendo pequenos movimentos que não davam para ser realmente sentidos, completamente desavisado do caos do lado de fora. Quando o médico me assegurou de que meu bebê estava bem, acho que respirei profundamente pela primeira vez em semanas. Ver meu anjinho naquele visor tornou as coisas claras para mim. Eu soube, naquele momento, que faria qualquer coisa por este bebê. Eu o manteria, ou a ela, a salvo de qualquer mal. Até mesmo iria embora da única cidade que chamei de casa. Saí do hospital apenas algumas horas depois de ter sido levada para lá com um plano em mente. Voltei para a cobertura e comecei a colocá-lo em andamento.

Meu coração dói tanto que tenho dificuldade de respirar às vezes. Minhas noites ainda consistem em acordar hora sim, hora não, ao som do meu próprio choro, mas nenhuma dessas dores muda o resultado, e o resultado é que tenho que ir embora de Las Vegas. Tenho que criar uma vida nova para mim e para o meu bebê. Sozinha. Sei agora quão assustada a Noni de 17 anos deve ter ficado ao encarar o mundo sozinha, com um bebê a caminho. Ao menos, eu sou adulta com algum tipo de conjunto de habilidades... embora não tenha certeza de que ler e ser espertinha vá me dar muitas perspectivas de emprego.

Isso me faz pensar em Maman e Papa e no quão assustados devem ter estado em começar tudo de novo em um local novo — um país novo, com uma língua diferente e tudo o mais. O que eles fizeram me inspira. Me mostra que sou capaz de fazer isso. Posso ser forte e corajosa; se não por mim, então pelo meu filho. É incrível que alguém tão pequeno, alguém que ainda não foi sequer trazido a este mundo, seja poderoso o suficiente para mudar minha vida completamente.

Para ser sincera, eu sabia desde o início que uma vida com Damon estava condenada ao fracasso, mas isso não faz meu coração doer nem um pouco menos. Perdi o Capitão, perdi a loja, perdi Damon, perdi o futuro que vislumbrei para mim mesma. Perdi Vó, Noni e Brian. Quando realmente penso a respeito, os três pertencem a Damon, e, em vez de fazê-los escolher um dos lados, eu os deixei para ele. Ele precisa do apoio deles e não preciso de nada que me segure. Como uma covarde, mudei o número do meu celular para evitar conversas dolorosas. Um término limpo é a melhor coisa, certo?

Porém, há algo de belo na minha situação. Eu estou livre. Estou livre do passado que tem sido um oponente formidável por anos demais. Estou livre dos lembretes constantes que trazem lembranças dolorosas demais para suportar. Estou livre das coberturas de notícias sobre Damon. Estou livre de repórteres fuxiqueiros. Estou livre da vida que eu tinha aqui. Vegas é uma corrida tumultuosa da qual estou pronta para sair.

Uma última parada e estou pronta para pegar a estrada. O cemitério aparece no meu campo de visão e aguardo o sentimento de medo abrangente que visitar este local me traz. Desligo o motor e saio do carro em direção aos jazigos de Maman, Papa e

Capitão. Olho para meus pés enquanto caminho até lá. Ainda é muito difícil ver essas lápides sabendo o que elas representam: a vida e a morte de três pessoas que significam tanto para mim.

Fico de joelhos, descansando meu bumbum nos pés.

— Ei. — É a única palavra que sai, muito embora eu tenha tanto a dizer, tanto a confessar, tanto a prometer.

Limpo a garganta e tento reunir meus pensamentos.

— Tenho que dizer adeus por enquanto — falo, rouca, me esforçando para manter as emoções sob controle. Eles podem ter partido, mas sinto como se estivessem bem aqui comigo. Espero que estejam. — Eu, hum... acontece que estou me mudando para Salt Lake City. Não é muito longe para eu dirigir até aqui e fazer uma visita algumas vezes por ano. Damon ainda vai poder ter uma relação com o bebê. Sei o que está pensando, Capitão. Sei que não é exatamente meu tipo de lugar, mas farei com que dê certo. Tenho que fazer isso, com a chegada do bebê e tudo o mais. — Minha mão vai para minha barriguinha e sorrio um pouco. — Vai ser um bom lugar para a gente recomeçar. — Olho de uma lápide para a outra. — Eu só queria vir aqui e dizer que eu te amo. Amo todos vocês... — Um soluço irrompe por minha fina determinação. — E sinto falta de vocês muito, muito. Eu queria que todos vocês estivessem aqui. Estou com medo de criar esse bebê sozinha...

— Não precisa ficar.

Fico de pé de imediato, quase caindo ao fazê-lo. Damon me ampara, estabilizando-me. *As mãos dele*. As mãos dele são calorosas e apoiadoras em meus braços.

— O que você está fazendo aqui? — pergunto, limpando as lágrimas das minhas bochechas e do meu queixo. Remexo minha camiseta, endireitando nervosamente a bainha.

Damon aperta seus dedos ao redor do meu cotovelo e me conduz de volta ao meu Volvo. Não vejo sua picape ou seu carro em lugar nenhum.

— Onde está o seu carro?

Ele balança a cabeça.

— O Mike me deixou no portão. Vim andando. Pare e me escute por apenas um minuto. Por favor. Me dê dois minutos, Jo. — Seus olhos estão tão carinhosos e suplicantes que fazem algo com minhas entranhas, e eu cedo, cruzando os braços à frente do peito, mas ouvindo-o, acima de tudo. — Não precisa ir embora. Eu não quero que vá embora.

— Já está feito, Damon — digo baixinho. — Tenho um lugar esperando por mim. Você não telefonou. Eu não tenho te visto. Nada mudou.

— Então cancele.

— Não ouviu o que falei? Não é só o lugar novo. Você não entende? — Soo exasperada, porque estou. Não posso passar por isso novamente. Não posso me dar falsas esperanças de novo. Eu ão tenho forças para resgatá-lo novamente. Este relacionamento nunca dará certo e estou tentando muito ajustar as contas com isso. Meu coração não consegue aguentar mais nenhum abuso.

— Vou consertar tudo. — Damon levanta a mão para pegar meu rosto. Seu toque é gentil e eu derreto um pouco. — Deixe-me consertar tudo, amor — ele implora. — Por favor, venha para casa.

Olho para aqueles olhos calorosos que me invadiram desde a primeira vez que o vi. Suas lágrimas brilham à luz do sol. É muito difícil vê-lo assim.

— Damon...

— Por favor — ele se apressa em dizer, aproximando-se de mim.

— Estou assustada — admito.

— Não precisa ficar assustada. Eu nunca quis machucá-la. Eu te amo. Estava tentando protegê-la e as coisas ficaram fora de controle. Nunca quis perdê-la, ou o nosso bebê. — Uma das suas mãos desce do meu rosto para a minha barriguinha de grávida.

— Mas você...

— Eu sei. — Ele olha para os próprios pés, sua culpa evidente situada em seus ombros, e depois olha novamente para mim com um suspiro. — O dia em que lhe disse para ir embora foi o dia em que Mike me deu o relatório dele. Meu pai estava se desesperando e Mike pressentiu que algo ruim estivesse para acontecer. A gente só não conseguia adivinhar o quê. Ele me aconselhou a mantê-la a salvo, Josephine. Quase me matou vê-la de coração partido por causa de uma mentira, mas eu não tinha escolha. Tinha que tentar mantê-lo longe de você e pensei que, se você não fosse parte da minha vida, ele a deixaria em paz.

— Você deveria ter me contado! — choro, levantando meu punho e martelando-o em seu peito musculoso. — Por que não me contou isso até agora?

— Não podia arriscar. Sei como você é teimosa. Eu estava tentando protegê-la, de verdade. — Ele agarra meu pulso e o segura firme em sua mão. — Eu te conheço, amor. Você não teria desistido. Não teria ido embora a não ser que eu te convencesse de que não te queria. Tentei deixar a cobertura da imprensa diminuir antes de colocá-la de volta em tudo isso, mas eu não podia esperar mais. Não podia deixá-la sair da cidade.

— Mas o bebê! Você agiu como se mal se importasse! — acuso, as lágrimas ameaçando cair.

— Eu me importo. Claro que me importo. Você sabe como foi difícil, para mim, ir embora da cobertura no dia em que você descobriu a gravidez? — As lágrimas dele começam a cair e ele não faz menção de limpá-las. — Sabe o quanto eu quis ficar com você? Comemorar? Eu fui embora de lá e esperei e rezei para que Brian me telefonasse para me dizer que o teste tinha dado positivo. Quando ele ligou, eu sabia que tinha que ver isso de perto. Você está esperando o meu filho, Jo. Meu bebê. Tive que mantê-lo longe da minha família.

Estou sem palavras, confusa, aliviada e com raiva.

— Não quero nada a não ser fazer bebês contigo. Muitos deles, se você quiser. Quero que se case comigo. Quero passar a vida contigo ao meu lado, Jo. Eu queria que aquele teste desse positivo porque sabia que, se você já estivesse grávida, eu podia ter mais chances de te conquistar de volta, mais chances de reverter tudo isso.

Escondo o rosto em minhas mãos quando as comportas estouram. Meu coração não aguenta mais. Vim aqui para dizer adeus, porém, cá estou eu, presa no abraço de Damon, ouvindo que fui enganada.

Nada daquilo foi real.

Tudo foi uma estratégia. Meios para um final. O final de Edward.

— Por favor, não chore, amor. — Damon se inclina, apertando-me em seu peito e dando um beijo casto no lóbulo da minha orelha. — Por favor, não chore.

— E-Eu... você despedaçou meu coração! — acuso-o, ainda presa em seus braços.

— Eu sei. Sinto muito. Você não faz ideia do quanto estou arrependido. Permita-me consertar as coisas, Jo. — As mãos de Damon me agarram pelos ombros e me seguram a um braço de distância. Uma mão grande entra no bolso da sua camiseta e retira de lá meu anel, brilhando e reluzindo na luz do sol. Ele levanta minha mão esquerda em sua direção. — Por favor, venha para casa — insiste, deslizando o anel de volta no meu dedo.

Observo a cena enquanto ele se ajoelha. Com uma tentativa de espiada em mim, ele desliza uma das mãos por debaixo da minha camiseta, descansando-a em minha barriga quase inchada. Seus olhos se fecham e ele encosta a testa em meu abdômen. Ele está tentando compensar. Está mostrando suas cartas. Está claro que Damon quer nosso bebê tanto quanto eu o quero. E ele me quer também.

Posso sentir seu polegar sendo passado devagarzinho em minha barriga. Vê-lo desse jeito, tão carinhoso, me faz derreter. Parte meu coração saber que ele fez tudo isso mentindo, planejando e se arriscando porque ama demais a mim e ao nosso bebê. Ele arriscou muito para nos manter a salvo. Estava disposto a me perder se isso significasse que eu ficaria a salvo. Isso me lembra daquela primeira noite quando nós fizemos a mudança da Vó para seu apartamento. Ele fez amor comigo e me perguntou se eu sabia que ele sempre me manteria a salvo, não importa o que acontecesse. Eu sabia disso naquela época, tal como sei disso agora.

Eu puxo seus braços, insistindo para que ele se levante.

— Jo, amor, diga que irá para casa. Diga que ainda vai se casar comigo.

Seus olhos estão doloridos, linhas de preocupação estragam seu rosto lindo, e não posso aguentar mais um instante disso.

— Sim e sim. — Minha resposta é simples, porém forte, com a promessa de uma segunda chance. — Com uma condição — continuo. — Noni. Ela tem que fazer parte da vida desse bebê. Eu a amo e sei que você também a ama. Em algum lugar aqui — pressiono minha palma em seu peito, sobre seu coração —, você a ama também. Você foi maltratado, mas é hora de consertar as coisas.

— Eu sei. E vou — promete ele, fazendo chover beijos em meu rosto. — Não estou com raiva dela. Não foi culpa dela. Ela é minha mãe e há muitas coisas que temos que conversar, mas eu farei isso. Vou fazer o que você quiser. Eu te amo. Não sabe o quanto me fez feliz agora.

Com um gesto repentino, sou prensada contra o peito do meu gostosão, e sinto ali o sentimento de paz. Estar em seus braços é como estar em casa. Estou tão feliz de estar em casa novamente!

EPÍLOGO

Três meses depois

Examino meu reflexo no espelho mais uma vez. Minha maquiagem está tão boa quanto dá para ficar. Meus olhos estão margeados com um delineador preto esfumaçado e meus cílios parecem mais longos e cheios do que jamais ficaram, graças aos hormônios que desprezei tanto no começo da gravidez. Meus lábios estão carnudos e pintados com um gloss rosa natural. As pérolas que Vó me deu estão ao redor do meu pescoço e do meu pulso. Elas são meu "algo antigo" e não poderiam ser mais perfeitas. Noni se ofereceu para fazer meu cabelo e estou começando a pensar que ela tem múltiplas habilidades. Meus cabelos pendem em minhas costas em cachos grandes e macios meio que no glamouroso estilo dos anos 1920. Ela prendeu na parte de trás alguns cachos com sua presilha de cabelo prateada favorita, incidentalmente cuidando do meu "algo emprestado". Brian quase desmaiou quando eu disse que nós íamos nos casar no estilo típico de Vegas, em uma capela matrimonial. Sei que ele estava esperando um casamento meticulosamente planejado, e posso ter estourado sua bolha fashionista, mas manter nossas núpcias privadas e íntimas é a única forma de afastar a imprensa dela. A quantidade de notícias cobrindo o sequestro e a consequente morte de Edward diminuíram para um pinga-pinga, mas os repórteres ainda ficam por perto, aguardando qualquer oportunidade para nos questionar.

O relatório de Mike acabou sendo assustadoramente preciso. Edward estava indissociavelmente metido com alguns dos maiores apostadores da cidade. Ele estava desesperado por dinheiro e se afogando no alcoolismo e em dívidas. Andy e Howard foram presos poucos dias depois do incidente e estão aguardando o julgamento sob diversas acusações. Howard foi quem deu a maior parte das informações, concordando em testemunhar sobre o envolvimento de Andy em tudo. Supostamente, Edward havia planejado coagir Damon a sacar uma grande quantia de dinheiro e depois sair do país, mas Damon e eu já sabíamos disso...

A morte de Edward foi dura para a Vó. Ele era um desgraçado doentio, mas ainda era filho dela. Acho que boa parte do luto dela tem sido de puro arrependimento por não ter conseguido convencê-lo a se tornar o homem que ela esperou que ele fosse. Posso respeitar isso. Sinto muito por Vó; ela é tão vítima neste desastre quanto o resto de nós. Vó basicamente adotou Noni. As duas estão morando no apartamento de Vó e trabalhando lado a lado na loja todos os dias. A Vó faz companhia a Noni e entretém o público mais jovem na cafeteria com suas histórias e palhaçadas. Não posso culpar Noni por não querer voltar para a casa do Capitão. Também não quero ir lá. Eu a estava mantendo porque tinha medo de esquecer o Capitão, mas o dr. Versan me ajudou a ver que as lembranças do Capitão estão tão vivas e intensas quanto quero que estejam. Não tenho que manter a casa para manter minhas lembranças dele. A casa tem estado à venda por dois meses. Mas sem sorte na venda ainda. Os possíveis compradores não estão muito impressionados com a história dela. Elise ficou chocada e devastada, é claro, ao descobrir que seu irmão tinha atirado no pai. Porém, ela não ficou com raiva. Ficou triste, porém feliz que ninguém mais foi fatalmente ferido. Ela veio direto para Damon assim que soube sobre os tiros e tem dado apoio a nós dois. Damon não falou muito, é claro, mas sei que ele se sentiu aliviado por Elise não o fazer se sentir culpado por matar o pai deles, e eu a amo por isso. Ela cuidou de todas as coisas do funeral de Edward e levou quase todos os seus pertences para a garagem dela, do outro lado da cidade, de modo que nem Vó, nem Damon tivessem que revirar as coisas dele.

— Já está pronta? — Brian enfia a cabeça na sala onde estou me vestindo.

— Sim. Acho que sim — digo, dando minha aprovação silenciosa ao meu reflexo com Noni e Vó, as duas mulheres mais importantes da minha vida, flanqueando-me, sorrindo e igualmente me dando suas aprovações.

— Damon queria que eu te desse isto — diz Brian, entregando-me uma pequena caixa de veludo.

Sorrio abertamente, pensando no quanto meu gostosão pode ser carinhoso. A caixa se abre com um estalido e eu engasgo.

O relógio de Maman. Está de volta para mim e tiquetaqueando forte e constantemente. Puxo-o da caixa e o viro. E lá está, no francês nativo da minha família:

COLLETTE, MON COEUR RESIDE AVEC VOUS POUR TOUJOURS PLUS

— "Collette, meu coração reside com você para todo o sempre" — sussurro a frase traduzida para mim mesma.

Algo neste relógio me lembra meu relacionamento com Damon. Ele já viu demais. Já foi usado e danificado. Não funcionou durante um tempo, porém, com a atenção de um especialista, aqui está ele, tiquetaqueando como se nunca tivesse parado. E sobre o lindo folheado está o coração de tudo.

— "Meu coração reside com você para todo o sempre" — falo roucamente de novo, incapaz de conter as lágrimas.

— Oh, querida, sem chorar — Brian me pede gentilmente.

— Não consigo evitar. É tão perfeito! Ele é tão perfeito!

— Ok, estique o braço, querida — Brian ordena, colocando o relógio em meu pulso e pegando minha mão. — Vamos amarrar você.

Sorrio para o meu melhor amigo, e a realização de que estou prestes a me casar com o homem para quem fui feita me atinge. A tragédia pode ter cercado a nossa existência por muito tempo, mas ela nos aproximou; segurar nesta verdade torna a aceitação dessas tragédias muito mais fácil.

Saímos da sala com Vó e Noni nos rebocando, mas eu congelo, voltando para buscar meu "algo novo", que coincidentemente é também meu "algo azul": uma pequena meia azul de bebê. Pego meu buquê de lírios de Brian e cuidadosamente enfio a meia no centro das flores, debaixo dos botões. Nosso menininho vai estar aqui em quatro meses, mas eu queria incluí-lo em nosso casamento. Esta é a minha forma de fazer isso acontecer.

— Pronto — digo com confiança. — Agora estou pronta.

Com um sorriso, vejo Brian assumir seu lugar no altar como meu padrinho, ao lado de Damon e Mike Passarelli. Damon pediu a Mike para estar ao seu lado, já que a gente deve tanto a ele. Ele é a razão pela qual Damon conseguiu dar os passos necessários para proteger a mim e ao nosso filho ainda não nascido. Ele ficou de guarda, assistindo a cada movimento de Edward, preparado para agir se a hora chegasse. Mike foi persistente e convenceu Damon que a melhor coisa que ele poderia fazer era encenar o nosso término, tornando-me um alvo menor. Damon não tinha como saber que minha gravidez não só me tornou um alvo aos olhos de Edward, mas também me tornou o alvo perfeito. Edward sabia que Damon faria qualquer coisa pelo seu filho. E ele fez.

E aqui estamos nós.

Chego ao corredor e respiro profundamente, tentando acalmar o frio na barriga. Damon está... *maravilhoso.* Ele está lindo como nunca, parado no altar com seu terno. Seus olhos encontram os meus e algo não dito passa entre a gente. Caminho descendo o corredor até onde ele está, ciente de que acabo de dar os primeiros passos em direção a uma nova vida com Damon ao meu lado como meu marido.

Damon me disse que todo mundo precisa de uma pessoa, alguém que cuide e espere para ficar de guarda quando a vida fica toda fodida. Ele é a minha pessoa. Sei agora, mais do que nunca, que ele sempre foi a minha pessoa.

FIM

Vire a página para uma amostra exclusiva de *Alcance-me*,

Um romance da série *Wrecked*

PRÓLOGO

Março de 1998

Querido diário,

Hoje aprendi uma grande lição: muitas coisas podem acontecer em trinta malditos segundos. Metade de um minuto. Aparentemente, é mais ou menos isso que é necessário para algum babaca destruir a autoestima de uma garota. Quero dizer, foi necessária muita coragem para eu finalmente ir falar com ele. E o que ele fez? Fez com que eu me sentisse uma piada bizarra.

Eu tive uma paixonite por Jonathan Greene por todo esse maldito ano escolar! É praticamente o fim da sexta série e parece que sou a única garota sem par para o baile de primavera. Não estou animada para ir, mas *não ir* simplesmente não é uma opção. Se Sarah Copeland descobrir que não tenho um par, ela vai contar para a Katy que nenhum dos garotos quis me chamar. Katy vai contar para a Shauna porque Shauna é nova e ouve tudo o que Katy diz, como se ela fosse mãe dela ou algo assim. Então, Shauna contará para o resto da Harrison Middle School, só para puxar conversa com todo mundo que a ouvir. Sem contar que o baile todo será uma droga, mas não ir definitivamente será uma droga pior.

Então, esperei até que Jonathan terminasse com sua bandeja de almoço e fui em sua direção. Pensar nisso me faz encolher de novo.

— Aham, Jonathan? — *Por que diabos estou fazendo*

isso comigo mesma? Achei que meu coração fosse explodir a qualquer momento.

Jonathan estava parado ao lado da lata de lixo, fofo como sempre em seu Doc Martins e jeans folgado. Ele se virou para me olhar e eu podia sentir os olhos de toda a sexta série em mim. *Oh, Deus! O que estou fazendo aqui?*

— Lindsay? E aí?! — ele disse, todo legal, o que não é nenhuma surpresa.

Ele é a pessoa mais legal da escola inteira e eu não sou ninguém especial. Ele olhou ao nosso redor e eu fiz a mesma coisa, só para confirmar o que já sabia.

Todo mundo estava olhando.

Anda! Fala alguma coisa, Linds!

— Ah, bem, é só que, você sabe... o b-baile... e eu estava apenas, hum, sabe, pensando se você talvez precise de um p-par? — gaguejei, balanceando meu peso de um pé idiota para o outro.

— Ah. — Ele olhou para a mesa do almoço onde todos os seus amigos podres sentam, e pude ver uns dois garotos rirem entredentes e balançarem suas cabeças. Isso tinha ruim, ruim, ruim escrito por toda parte. — Não, não, obrigado. — Ele deu seu sorriso fácil e saiu do refeitório a tempo de o sinal tocar.

Meu estômago ficou embrulhado e eu quis fingir estar doente para que a enfermeira me mandasse para casa. *"Não, não, obrigado?" O que foi isso?* Eu me ofereci para ir com ele ao baile. Não é como se tivesse lhe oferecido o lixo da minha bandeja!

O burburinho das risadas dos meus colegas de turma enquanto passam por mim foi horrível. Eu devia ter ouvido meu pai. No início do ano escolar, ele me falou que todos os meninos são rebeldes e era para eu ficar longe deles. Ele estava certo. Os garotos são só problema. Se eu perder a cabeça e tentar falar com um menino de novo, lembre-me de me poupar o incômodo e me internar no hospício antes que minha reputação do Ensino Fundamental acabe por causa de um constrangimento novamente, ok?

Obrigada,

Lindsay

CAPÍTULO UM

Quinze anos depois, hoje

Doente

Há esse estado de bem-estar chamado "felicidade" e, pelo que posso dizer, é uma ilusão. Em algum lugar bem no fundo, acho que associo a felicidade com mágica. Há o truque com a mão e a ilusão de ótica, porém, quando vamos direto ao assunto, a mágica tem tudo a ver com aparência. E a felicidade também tem a ver com isso. A felicidade é com certeza uma ilusão — você acha que é feliz, que está indo bem... ao menos do lado de fora. Porém, dentro, onde realmente importa, é tudo truque de mão; você está apenas mostrando ao seu público o que eles querem ver; que é que você *aparenta* estar feliz. Logo, felicidade = mágica.

E vamos encarar os fatos, ok? Detesto ser a portadora de más notícias, mas não há esse negócio de mágica. Simplesmente não existe. Dizer que algo é mágico é apenas uma forma legal de admitir que você foi enganado. Trapaceado. Feito de trouxa. Ludibriado. Enrolado. E toda vez que você põe essa fachada de "felicidade", está apenas se enganando.

Sei disso em primeira mão. Não me é desconhecido ser enganada, e todo mundo da cidade sabe disso. Meu ponto é: se mágica não existe, felicidade não existe. Para mim, pelo menos. Eu posso também acrescentar sorte a esta lista. Sei que o Criador me deixou de fora no dia que ele estava distribuindo isso.

Eu tenho exatamente quatro coisas minhas: meu filho, Trey; meu pai; e meu superteimoso irmão mais novo gay, Brian.

Ah, e, hum, esta outra... coisa. Um relacionamento de longa data com uma pessoa que nunca vou poder ter, mas por quem eu poderia muito bem estar totalmente e irrevogavelmente apaixonada. Nós temos esse *lance* e é loucura, mas ficamos voltando um para o outro. Dia após dia.

Bom, talvez três coisas e meia. Não tenho certeza se esse *lance* se qualifica, uma vez que não sei ao certo se está indo ou vindo.

O lance sobre ter um *lance* é que há sempre outro *lance* que vem junto para atrapalhar tudo. Eu tenho essas quatro coisas e estou tentando muito manter todas elas encaminhadas na direção certa, mas parece que esqueceram de fornecer minha roupa de combate no início dessa batalha chamada vida.

Dou uma olhada no meu relógio de pulso barato para verificar as horas. São 13h18.

— Ela é coerente, pelo menos — sussurro para mim mesma.

Sei que Maggie vai entrar a qualquer minuto. Ela vai cair pesadamente do outro lado da *nossa* cabine, jogar sua bolsa na mesa e então vai começar. Eu deveria apenas aproveitar o silêncio enquanto o tenho.

Minha melhor amiga deve ter o título da pessoa que fala mais rápido no mundo. Ela divaga um quilômetro em um minuto, sua bolsa barata na mesa me incomoda pra caramba, e sua completa falta de pontualidade é irritante, mas eu a amo demais. Ela é compreensiva e apoiadora, e é a única pessoa que tenho para me ajudar com o Trey. Meu irmão mais novo, Brian, ajuda quando pode, mas ele quase sempre está preso fazendo alguma coisa para seu chefe exigente.

Meus olhos cansados desviam para a porta da loja de

sanduíches bem na hora que Maggie a abre. Uma lufada de ar quente e seco de Las Vegas entra sussurrando junto com ela e ela olha para a nossa cabine. Levanto uma sobrancelha e bato meu dedo indicador no visor arranhado do meu relógio.

Ela tem sua aparência normal de relaxada, uma boêmia eclética com sandálias gladiadoras, uma blusinha coral fluida e uma longa e esvoaçante saia que parece ter todas as cores do arco-íris costuradas no tecido. Seu cabelo ondulado está solto e rebelde, e ela parece supertranquila. Se eu me vestisse assim, iria parecer uma sem-teto. Maggie parece uma cigana hipster ambientalista que acaba de voltar depois de seguir o verdadeiro rock'n'roll.

— É, é. Eu sei. — Maggie bufa enquanto percorre a curta distância da porta à primeira cabine que declaramos como "nossa", tantos anos atrás.

Maggie é a parte "copo meio cheio" da nossa dupla, e ela pode ficar com esse título. Eu fico com o realismo. É a rota mais segura.

— Sabe, um dia, não vou esperar e você vai chegar aqui atrasada e ficar se perguntando aonde fui. — Sorrio brevemente, para finalizar minha ameaça inútil.

Maggie joga sua bolsa bem no meio da mesa e entra ruidosamente em nossa cabine velha e confortável. Seu cabelo longo escuro como carvão espalha-se facilmente sobre seus ombros e posso dizer que sua boca rápida e incessante está pronta.

— Então? — Ela se encosta na parede, impassível, com sobrancelhas questionadoras, e estou honestamente em choque.

Uma palavra? Quem é esta pessoa e aonde foi parar minha amiga boca grande?

— O quê? — pergunto de volta, enquanto observo sua postura relaxada.

— Você sabe o quê! Nick disse que você nunca ligou pra ele. O que tá pegando? Você quer ser uma tia velha com uma dúzia de gatos, por exemplo? — ela jorra, rápido como um trovão, então bebe metade do chá gelado que pedi quando cheguei.

— Sou alérgica — contorno o assunto em pauta, plenamente consciente de que Maggie não vai me deixar escapar desta vez.

Ela solta um rosnado baixo e incomodado que parece emanar do fundo do seu estômago quando deixa a cabeça cair em seus braços cruzados. Fico sentada e encaro o topo da sua cabeça enquanto ela murmura dentro da pequena caverna que seus braços criaram. Sua cabeça finalmente levanta para me encarar novamente.

— Alérgica a quê, exatamente? Felicidade? Encontros? Sexo casual? Do qual você precisa desesperadamente, devo acrescentar.

— Ei! Fale baixo, boca grande! Eu estava bancando a espertinha com relação aos gatos. Sou alérgica. Não preciso de sexo casual. Estou muito bem, obrigada. — Dou de ombros e olho para o meu colo, evitando o olhar examinador de Maggie.

— Então finalmente comprou pilhas extras? — graceja, com um sorrisinho. Uma unha pintada de roxo-ameixa sobe no ar como uma arma carregada, e eu me preparo para seu exagero. — Ah, eu sei, você foi lá e comprou um desses recarregáveis, né? Garota inteligente! — acrescenta, balançando sua cabeça sarcasticamente. — Se tornando amiga do meio ambiente enquanto tem um orgasmo. Você é uma pioneira, minha amiga. Melhor ainda se for carregado com energia solar. Você o coloca na janela da cozinha para recarregar? Bem do lado do manjericão e do pau... quero dizer, da erva daninha?

— Ha, ha, ha, espertinha. — Estreito os olhos e concordo. — Apenas não tive a chance de telefonar e, para ser bem sincera, não estou ansiosa para sair com ele também.

Maggierolaseusgrandesolhoscastanhosdramaticamente. Ela não se importa mais do que eu com minha desculpa fraca.

— Ele é gostoso. É um cavalheiro. É bem-sucedido e não tem nenhum drama de bebezinho ou ex-mulheres! Qual é o problema? — questiona, enquanto enumera os atributos do Sr. Cara Certo.

— Jonathan. Você sabe que eles ainda são amigos, né? — Levanto uma sobrancelha e observo quando ela já começa a balançar a cabeça para mim.

— Quem. Diabos. Se. Importa? Sério, querida, você precisa superar as coisas do passado. A gente era criança. Nas duas vezes. Você está com quase trinta, garota! O tempo está correndo.

Respiro profundamente e decido fazer o que sempre faço. Negar. Adiar. Negar mais um pouco.

— Ok, vou ligar para o Nick amanhã.

— Que bom! — Maggie pia vitoriosamente. Ela sorri abertamente por apenas um momento, toma um gole da sua bebida e olha de volta para mim com compaixão.

Ótimo! Adoro más notícias.

— Nada em aberto, né? — adivinho, antes que ela tenha o trabalho sujo de me contar.

— Não se estresse com isso, ok? Michael disse que, no minuto em que estivermos contratando, a primeira vaga é toda sua.

Luto contra meu desejo natural de cair derrotada e suprimir o desapontamento que sinto. Estou, de fato, começando a ficar mais frustrada do que deprimida com minha falta de um bom emprego. Se Maggie der tapinhas de consolo em minha mão, como costuma fazer, acho que vou ter que lhe dar um tapa para afastá-la. Sou apenas temporária agora e, se não encontrar nada logo, não vou ter outra escolha senão entrar em contato com o pai de Trey. Odeio a ideia de que posso ser forçada a engolir meu orgulho e exigir a ajuda com o filho que ele negou por tantos anos.

Nove anos atrás, eu era uma garota entusiasmada de 19 anos e caloura na Universidade de Nevada, em Reno. A coisa mais complicada que eu tinha na vida era descobrir com quantas faltas conseguia me safar antes de *ter* que estudar para alguma prova ou fazer algum trabalho escrito.

Ele foi meu primeiro amor. Meu primeiro *amante* e o primeiro — e, com sorte, meu último — coração partido de verdade. Mergulhei de cabeça na paixão por ele. Ele mergulhou de cabeça na minha calcinha algumas vezes, e foi só isso.

Ele, claro, me enviou uma mensagem de texto ridícula apenas dois meses depois que começamos nosso relacionamento, cheia de bobagens chocantes sobre término, tipo "a gente é muito diferente", "não é você, sou eu", e a minha favorita: "vamos ser amigos".

Eu, claro, chorei e comi sorvete até começar a golfar e disse a mim mesma: "algo não está certo aqui".

Duas linhas rosas confirmaram o que eu já sabia no meu íntimo: estava grávida, sozinha, sem dinheiro e prestes a ser uma desistente da faculdade. Levou menos de um ano para eu foder com tudo completamente e perder tudo. *Perfeito.*

Insisti que o pai de Trey me encontrasse para que

pudéssemos conversar. Acho que fui inocente o suficiente para achar que ele fosse fazer ficar tudo bem. Ele não o fez. Na verdade, nem sequer acreditou em mim. Ele disse que fui um erro e que ele estava pedindo transferência para uma faculdade no Texas para ficar com sua namorada do Ensino Médio, Sarah. Disse que eles estavam apenas dando um tempo, o que quer que porra isso signifique. Eu comecei a chorar e as coisas rapidamente foram de ruim para terríveis quando ele se levantou abruptamente e disse umas merdas sobre eu mentir para ele e tentar prendê-lo, tal como seus amigos disseram que eu faria. Não é preciso dizer que fugi daquele Starbucks como uma mulher em chamas e nunca olhei para trás. Nunca me senti tão pequena e descartável na vida.

Me mudei de volta para Vegas e fui morar com meu pai e meu irmão mais novo, que foram mais do que solidários. Eles deram as boas-vindas a Trey na família como se ele fosse o jogador mais valioso no time Fuller, nos ajudaram por alguns anos e depois nos ajudaram a seguir em frente. Nenhum dos dois reclamou sobre o pai de Trey. Falei que não tinha nenhum interesse em ir atrás dele para pedir pensão alimentícia e os dois respeitaram minha decisão. Trey e eu temos sido nossa própria pequena família desde o começo. Não precisamos do doador do esperma. Nunca precisamos.

Tenho sido orgulhosa demais para tentar encontrar o pai dele. Nunca quis nada dele e esperava nunca querer. De todo modo, já ganhei o melhor que ele poderia me dar. Trey é mais perfeito do que eu sequer podia imaginar e nunca me canso de me maravilhar que daquele "relacionamento" catastrófico eu saí com uma criança maravilhosa.

Mas agora, meu trabalho como temporária está prestes a terminar. Estou aqui há oito meses e, em uma semana, estarei sem emprego. Não tenho nenhuma perspectiva e nenhuma ideia de como vou pagar as contas depois disso. Tenho pavor de pedir ajuda para o meu pai ou Brian novamente; eles já fizeram tanto e eu quero muito continuar andando com minhas próprias pernas, mas tenho apenas o suficiente na poupança para um mês. Talvez.

— Terra para Lindsay — cantarola Maggie.

Minha atenção volta para ela, e afasto minha sequência de lembranças. Não é nada útil ir por esse caminho, de todo modo.

— Desculpe. Eu estava apenas pensando em umas coisas — murmuro, checo a hora em meu celular e espero secretamente ver uma mensagem de texto da única pessoa que pode me fazer esquecer de todos os problemas que me aguardam em uma semaninha.

O relógio me diz que já são 14h10 e tenho que buscar o Trey. Minha caixa de entrada diz que tenho uma mensagem de Russ. *Graças a deus.* Meu polegar desliza pela tela para abrir a mensagem. Posso sentir Maggie me encarando. Ela não aprova.

— Ainda falando com o esquisitão, pelo visto. — Ela se inclina para trás e retoma sua postura relaxada.

Suspiro e sorrio quando ignoro a piadinha de Maggie sobre Russ e leio a mensagem dele.

Mal posso esperar para conversarmos. Você estará livre hoje à noite?

Meus polegares digitam a resposta e eu envio a mensagem.

Eu também. Dia ruim. Falo com você em breve.

Começo a recolher minhas coisas e olho para Maggie. Ela está balançando a cabeça com o semblante em parte divertido, em parte cético.

— O quê? Ele não é nenhum esquisitão! Eu o conheço há quase dez anos, Maggie. Acho que, se estivesse me perseguindo para poder me estuprar e me matar, já o teria feito. — Olhando para o outro lado, começo a recolher minhas coisas no assento.

— Não. Correção, Linds, você não o conhece nem um pouco. Russ... — ela diz com desdém. — Quem diabos é esse cara? Uma garota? Uma pessoa? Ele pode ser um psicopata! Pode ser um velho! Pode ser *qualquer um*!

— Aham. E aí está a beleza da coisa. Ele pode ser qualquer um, e isso me mantém intrigada — jogo, enquanto saio da cabine e ajeito meu vestido de verão floral. — Te amo. Preciso ir.

— Aff! Tchau, doida! Só doidas se correspondem com estranhos por anos e anos, sabe? — Maggie lamenta, parada enquanto me dá apenas um meio abraço de despedida.

Secretamente, eu curto que meu correspondente a irrite, assim como sua bolsa na mesa me irrita pra caramba.

SOBRE A AUTORA

J.L. Mac, autora bestseller do *USA Today*, mora em El Paso, no Texas, com seu marido e filhos. Ela é uma texana nascida e criada em Galveston. J.L. vive um longo e sórdido caso de amor com a escrita e adora cada minuto disso. Ela bebe muitas taças de vinho, de vez em quando, e diz palavrões demais para ser considerada uma "dama". Ela passa seu tempo livre lendo, escrevendo, brincando com seus filhos e vivendo feliz para sempre com o seu próprio Príncipe Encantado, a quem ela carinhosamente chama de Bundinha Apertada McGostosão.

Fique em contato com a J.L. Mac

Twitter:_
https://twitter.com/JLMacbooks

Facebook:
www.facebook.com/jlmacbooks

Blog:
http://jlmacbooks.blogspot.com/

Goodreads:
https://www.goodreads.com/author/show/6654493.J_L_Mac

Inscreva-se para receber o boletim da Mac:
http://eepurl.com/RfkIv

Entre em nosso site e viaje no nosso mundo literário.
Lá você vai encontrar todos os nossos
títulos, autores, lançamentos e novidades.
Acesse www.editoracharme.com.br

Além do site, você pode nos encontrar em nossas redes sociais.

https://www.facebook.com/editoracharme

https://twitter.com/editoracharme

http://instagram.com/editoracharme